# 當代商神

**5** 商戰天下

何常在——著

# 目錄
Contents

第一章

# 單選題

你們已經輸了，是有風度的認輸還是非要被打得一敗塗地再認輸，
你們自己決定。反正不管是數量還是實力，我們已經佔了上風，
如果你們繼續反抗，我們會惡意吞併你們。
是安樂死還是受盡折磨再死，是單選題。」

「我操！」

商深一出手，只兩下就打倒了朱石，黃廣寬勃然大怒，血往上湧，也不管是在深圳還是北京了，而且又是讓他恨之入骨的商深，哪裡還按捺得住，當即暴走，趁商深力道用盡，無力回身之時，一拳朝商深的後背打去。

崔涵薇和徐一莫被突如其來的變故驚呆了，二人目瞪口呆，掩嘴驚呼：「小心！商深！」

藍襪和衛辛也是異口同聲地驚叫出聲：「商深，小心背後。」

雖然有四位美女的關心，商深卻沒有辦法及時回身，明知身後有人偷襲，也只能用力朝前邁出一步，儘量避免被打得過慘，而無法避開黃廣寬來勢洶洶的一拳。

崔涵薇幾人儘管無比關心商深，但離得過遠，鞭長莫及，也只能眼睜睜看著商深馬上就要被黃廣寬一拳打中後心，她們甚至可以想像到商深被打中後，向前撲倒在地的情形。

崔涵薇不忍再看，閉上了眼睛。

突然，一人從斜刺裡殺出，就如一頭下山猛虎，直接撞在黃廣寬的身上，對，是撞而不是推，硬生生用身體碰硬碰地將黃廣寬撞到了一邊。

由於用力過猛，黃廣寬被撞得悶哼了一聲，別說來得及站穩了，直接就橫飛出去，摔了一個四腳朝天。

「呸！有我在，敢欺負商深，沒門！」

文盛西臉色鐵青，向前一步，又飛起一腳，踢向倒在地上的黃廣寬身上，「你哪裡的混球，想打架，老子不怕你。」

朱石和黃廣寬被同時打倒在地，黃漢可不幹了，何況商深是他的死對頭，正所謂冤家路窄，又和商深遇上了，該他表現的時候來了，就縱身一躍，來到商深的面前，二話不說，朝商深當胸一拳打來。

商深此時已經站穩了身形，豈能輕易讓黃漢得手，他冷冷一笑，一閃身躲過黃漢來勢洶洶的一拳，然後一腳踢出，直奔黃漢的大腿而去。

作為好學生好少年的商深，輕易不會和人打架，然而一旦動手了，就不會手下留情。他一腳踢出，黃漢也不甘示弱，跳到了一邊，然後也飛起一腳還擊。

商深一方一共九人，五男四女，黃漢一方一共六人，四男二女，除了黃漢、黃廣寬和朱石之外，還有畢京、伊童和杜子清。

伊童在一愣神的工夫，還沒有驚醒過來是怎麼一回事時，雙方就已經混戰成一團了，她驚在當場，回身一看，身後的杜子清也是雙手捂住了嘴巴，震驚得說不出話來。

「不要打了！」

伊童雖然骨子裡不安分，也是唯恐天下不亂的主兒，卻也知道現在商深一方人多勢眾，自己人馬勢單力薄，如果硬打的話，肯定會吃虧，她是一個不會吃眼前虧的人，就想讓雙方住手。卻沒人聽她的話。

畢京愣在當場，半天才緩過神來，見雙方已經進入混戰模式，他猶豫了一下，不知道該不該出頭，不過見到黃漢和商深糾纏在一起，他就知道他必須加入戰爭了。

不過畢京不同於朱石的魯莽、黃廣寬的衝動以及黃漢的激情，他是個極其理性的人，做事之前會先權衡得失，計算利益，稍一思索就明白雙方力量對比懸殊，商深一方還有兩個男人沒有加入戰團，他加入的話，會是一比二的戰局，肯定沒有勝算。既然力拼不行，只能智取了。

畢京眼睛一掃，發現旁邊有一個清潔工的掃帚，伸手拿起，揮舞起來，呼呼生風，大叫一聲，衝向商深。

不料才一邁步，沒留神腳下被人一絆，一個踉蹌差點摔倒。

誰背後下黑手？畢京正要開口罵人，扭頭一看，不敢相信自己的眼睛，竟是杜子清。

「子清，你幹什麼？」畢京惱羞成怒。

「不許你碰商深一根手指！」杜子清橫眉冷對。

「你！」

畢京非常後悔讓葉十三叫來杜子清了，杜子清的出現不但讓葉十三和黃廣寬等人起了衝突，讓本來很團結的一個團隊出現裂痕，而且杜子清還和他理念不和，卻和伊童談得十分投機，讓他頗有一種失落感，覺得杜子清和他以及葉十三不是一路人。

之前他還覺得葉十三拋棄杜子清是對杜子清的不公平，現在他才發現葉十三的聰明，杜子清確實很討人嫌。現在杜子清站在商深一方，阻止他向商深出手，更讓他對杜子清厭惡到了極點。

「你讓開。」

「不讓！」杜子清擋在畢京面前，伸開雙臂攔住畢京的去路。

「再不讓開我就不客氣了。」畢京怒極，舉起了掃帚。

杜子清目光堅定地盯著畢京：「有本事你就打我啊。」

在堅定的目光下，杜子清的內心卻是一片淒涼。原以為葉十三約她前來共度元旦，是想和她重修舊好，不料葉十三對她還是和以前一樣冷淡，非但沒有露出絲毫要和她重新開始的意思，更讓她傷心的是，葉十三和伊童關係似乎密切到了無話不談的地步。

她是多聰明的一個女孩，清楚的看了出來葉十三和伊童互相對對方有好感。既有好感，又總在一起，早晚會發展成愛情。

讓她想不到的是，葉十三和伊童居然合辦公司了；更讓她不知道該怎麼回應的是，伊童還邀她加盟她和葉十三的公司，雖然開出了不菲的高薪，讓她有幾分心動，她卻不知道該如何面對葉十三和伊童的親密關係。

杜子清柔腸百結，左右為難。本來天一亮她就想回去了，葉十三卻因為沒有得到她是否加入公司的明確回答，不讓她回去，還想讓她一起吃了早飯再走。她一想也是，反正放假，也天亮了，就隨著眾人一起下樓。

雖然她很討厭黃廣寬和朱石色瞇瞇的目光，但有葉十三和畢京在，相信他們會保護她，不讓她被人欺負。結果剛下樓，葉十三接了個電話，說是有事先過去一下，然後人就消失了，也不知道去了哪裡，去做什麼。

葉十三剛走，就發生了朱石和商深大起衝突的一幕。

畢京沒動手前，杜子清只是驚呆住，還沒有反應過來到底是怎麼一回事。等畢京拿起掃帚要攻擊商深時，她清醒了，心中壓抑已久的怒火不可抑制地熊熊燃燒了。

畢京愣了一下，也同樣無法壓制心中的怒火，上前一步，用力推開杜子清：「滾一邊去，礙事！」

由於用力過猛，杜子清被他推得身子一歪，直接摔倒在地。他看也不看一眼，舉起掃帚就要朝商深的後背掃下。

就在畢京和杜子清對峙之時，馬化龍和王向西也一前一後加入了戰團。二人一個幫商深，一個幫歷隊，不約而同地沒有選擇幫文盛西，是因為和商深對黃漢、歷隊對朱石相比，文盛西打架的水準顯然要高出幾分，他和黃廣寬對打，明顯占上風，逼得黃廣寬步步後退。而商深和黃漢對戰，雖然沒有落敗，不過也沒有佔什麼優勢。歷隊和朱石相比可說是半斤八兩，算打了個平手。

馬化龍和王向西只交流了一下眼神就知道要幫誰了，先幫商深和歷隊幹掉黃漢和朱石，然後再幫文盛西也不遲。

許多年後，在成為風雲人物後，商深一幫人坐在一起回憶往昔崢嶸歲月時，想起這次打架事件，所有人都笑了起來。

在閃光燈下，照亮整個中國的一張張成功的面孔流露出來的笑容是那麼的真誠，甚至還有幾分靦腆和羞澀，彷彿時光重現，青春再來，激情和熱血又重回到每個人被功成名就耗盡了熱情的胸膛。

此為後話。

馬化龍一加入，商深立時感覺壓力大減。黃漢還以為他可以借機扳回一局，打商深一個落花流水，眼見就要取勝之時，馬化龍的意外殺出，讓他頓感壓力倍增。

「兩個打一個，不算好漢。」黃漢又氣又惱，對馬化龍恨之入骨，「我和商深的私人恩怨，關你什麼事？趕緊讓一邊去。」

馬化龍嘿嘿一笑，沒說話，回應黃漢的是當胸一拳。

黃漢氣得哇哇直叫，盛怒下，一頭朝馬化龍撞來，試圖一招之內解決了馬化龍，好集中精力對付商深。

不料他才一有所動作，剛一邁步，商深卻從斜刺裡殺出，一拳打在他的肩膀上。

敢偷襲他？黃漢怒極，正要回身還回來時，胸口又傳來一陣疼痛，原來馬化龍的拳也到了。商深和馬化龍配合得天衣無縫，才一出手就打得他沒有還手之力。

黃漢氣急敗壞下，眼角的餘光一掃，見畢京揮舞著掃帚已經悄悄逼近商深的背後，心中大喜，後退一步，轉身就跑。

「有本事來追我啊。」黃漢故意吸引商深和馬化龍的注意力。

馬化龍沒有多想，以為黃漢真的敗退了，起身就追，商深意識到哪裡不對，回頭一看，畢京的掃帚已經當頭落下了。

好一個陰險狡詐的畢京，居然偷襲，太可惡了，幸好他發現得及時。

商深腳下一滑，似乎要摔倒的樣子，其實是身子一側，躲過了畢京使出全力的偷襲一擊。畢京一擊落空，心中一驚，心想商深太狡猾了，竟然躲了過去，他不甘心，再次掄圓了胳膊揮舞掃帚朝商深當頭落下。

商深也被畢京窮追不捨的打法激怒了，不退反進，猛然朝前一衝，忽然身子一倒，就和足球運動員鏟球的姿勢一樣，矯健的身姿如一道閃電，瞬間擊中畢京的雙腿。

畢京沒想到商深還有踢球的功底，被商深鏟中了雙腿，哪裡還站得住，身子朝前一撲，手中的掃帚也脫手飛出。

「撲通」一聲，畢京摔了個狗吃屎。

商深自然不會善罷干休，他最恨背後下手的小人，飛起一腳踢在畢京的頭上，畢京剛要爬起，被商深一腳踢中，悶哼一聲又倒了下來。

飛出的掃帚在空中飛了一個弧度後，不偏不倚正好落在馬化龍的手中。馬化龍抓過掃帚，揮舞起來呼呼生風，然後大喝一聲：「都住手！」

一聲震驚了眾人！

所有人都停了下來，呆呆地望著馬化龍，只見馬化龍高高舉起掃帚，就如舉著一把軍旗，威風凜凜，又如指揮千軍萬馬的將軍。

「再打下去也沒有什麼意義，你們已經輸了，是有風度的認輸，還是非要被打得一敗塗地再認輸，你們自己決定。反正不管是數量還是實力，我們已經佔了上風，如果你們繼續反抗，我們會惡意吞併你們。如果你們現在認輸，我們會和平收購你們，是安樂死還是受盡折磨再死，是單選題。」

馬化龍聲音不大，但感染力卻很強，而且說出了現在的實際情況，再加上他高舉掃帚的威武形象，還真有一股一往無前的氣勢。

眾人都停了下來，面面相覷，尤其是黃廣寬、朱石、黃漢和畢京，幾人對視一眼，都有了退意。也是，硬碰硬的打，確實也打不過對方，難道還非要再打下去自取其辱不成?!

正當畢京要開口說幾句場面話找個臺階下時，一個人影一閃，出現在兩方對峙的中間。不是別人，正是葉十三。

葉十三剛才去辦點事情，回來後才發現情況突變，愣在當場，只見一人高舉掃帚站在場中，商深和他並肩而立，就如兩位指揮千軍萬馬的將軍，成為所有人的中心。

發生了什麼事?葉十三朝畢京投去疑問的目光，畢京衝葉十三微一點頭，權衡了一下雙方力量對比，心中有了主意：「十三，你一來，我們的力量就壯大了。」

黃漢不想認輸，葉十三的出現就如救命稻草，他哈哈一笑：「十三，商深就交給我了，其他的人，你隨便挑一個，今天不和他們分一個高低勝負出來，我就不姓黃。」

黃漢話一說完就要動手，他以為葉十三必定會加入自己一方，不料他才一邁步，葉十三卻突然輕描淡寫地笑了。

「黃漢，你這是要幹什麼?打架?這裡是北京，不是深圳。」葉十三的笑聲中充滿了嘲諷，「別鬧了，趕緊吃飯要緊，你別忘了寧二還在監獄裡面蹲著呢。」

「葉十三，你什麼意思？」黃漢一臉驚愕。

現在的力量對比發生了根本性的變化，只要葉十三加入，正好和商深一方達到一比一的平衡，而且很明顯商深一方在戰鬥力上落了下風，不是他們的對手，這麼好的反擊機會葉十三居然不願意出手，他是腦子短路了還是進水啦？剛才吃那麼大的虧，不還回來就太不男人了。

黃漢怒了：「葉十三，你還是不是男人？關鍵時候不要慫包！」

葉十三也不惱，淡淡地一笑：「本來就是我們理虧啊，這跟是不是男人沒關係。我只站在正義的一方，不拉幫結派。」

「你！」黃廣寬冷笑連連，「葉十三，你不就是因為打不過商深才退縮的嗎？別找什麼高尚的理由啦，都是俗人，高尚個屁！如果你不動手的話，從此以後，我永遠也看不起你！娘們，軟蛋！」

黃廣寬以為可以激怒葉十三，不料葉十三依然輕描淡寫地說道：「你永遠也看不起我？我不需要你看得起，而且我還永遠看不起你呢！一個管不住自己下半身的男人，能有什麼作為？你才是個廢物。」

「想打架是吧？」黃廣寬臉色一沉，向前一步，伸手就要去抓葉十三的衣領，「別以為在北京我就不敢收拾你，一樣打得你屁滾尿流。」

葉十三退後一步，沒讓黃廣寬抓住衣領，他雙手抱肩：「要論單打獨鬥，你也未必是我的對手。不過我不和你打，君子動口不動手。」一邊說，一邊朝崔涵薇投去了意味深長的一眼。

葉十三早就注意到了崔涵薇的存在，穿著一身白色羽絨衣的崔涵薇當前一站，亭亭然如出水芙蓉，宛如玉人，更讓他傾心不已，可惜的是，崔涵薇和商深站在一起，還緊緊抓著商深的胳膊。崔涵薇如果抓的是他的胳膊該有多好？

葉十三一陣心酸，他好不容易遇到一個讓他怦然心動的女孩，她喜歡的卻是商深，偏偏商深又是他從小到大關係最好、處處壓他一頭的哥們，人生怎麼能如此讓人無語，如此捉弄人？

剛才雖然他沒有親眼目睹朱石想要調戲崔涵薇的一幕，卻也猜到了大概，剛才他和杜子清眼神短暫的交流後，就明白了事情的始末。

平心而論，就算朱石調戲的不是崔涵薇，他也不會站在朱石一方和商深一方大打出手。他是一個有原則的人，原則問題不能動搖。更何況他和商深還沒有到撕破臉皮大打出手的程度。

杜子清注意到葉十三投向崔涵薇的目光充滿了愛意，心中一陣揪心地疼，卻強忍著不讓自己流露出悲傷，悲傷再多只能讓自己更加不值。

黃廣寬是何許人也，注意到葉十三的異常，愣了愣，戲謔地說：「我明白了，你喜歡崔涵薇是吧？巧了，我也喜歡。這樣吧，如果我們今天聯手打敗商深，崔涵薇我不要了，讓給你，怎麼樣，夠朋友吧？」

「去你媽的。」葉十三突然暴走，一拳打在黃廣寬的臉上，「你再跟我說一句髒話，我廢了你！」

誰也沒有料到葉十三會動手打人，之前毫無徵兆，而且出手又狠，一拳下去，黃廣寬半張臉都被打歪了，立刻腫了起來。

不等黃廣寬還手，畢京一個箭步跳了過來，將黃廣寬拉到一邊：「不要內訌，讓外人看了笑話。」

文盛西和歷隊都忍不住哈哈大笑，尤其是文盛西，笑得十分大聲：「哎呀，自己人打起來啦，好耶，繼續繼續。」

黃廣寬還想發作，被文盛西一笑，反而冷靜了，他狠狠地瞪了葉十三一眼，然後退到一邊。他知道畢京在處理混亂場面時有經驗，既然是在北京，就讓畢京出面好了。

畢京朝葉十三意味深長地看了一眼，然後緩步來到商深面前，上下打量了商深幾眼，冷冷一笑：「商深，我們又見面了。」

商深也向前一步，將崔涵薇等人擋在身後，嘿嘿一笑：「是呀，好久不見。怎麼了，還在想念衛衛？」

畢京罕見地臉紅了，下意識看了伊童一眼，見伊童還是一副玩世不恭的拽樣，似乎對他毫不在乎，稍微心安了幾分，深吸了口氣：

「是呀，我就是想念衛衛了，你配不上她，不代表我配不上她，怎麼樣，才多久你就被她甩了吧？」

商深也不生氣，淡然一笑：「我和衛衛的事用不著你多管閒事，退一萬步講，就算我和衛衛分手了，她也不會喜歡你。」

「她喜不喜歡我是她的事，你也管不著。」畢京一臉自信地說：「衛衛說過，一年後如果我混得比你好，她就會當我的女朋友，我相信范衛衛是個說話算話的人，到時她一定會兌現承諾。」

「這麼說，你覺得到時候你一定會混得比我好囉？」

商深被畢京的自信逗樂了，雖然畢京底氣十足，他卻搖頭笑了笑，「離我們約定的時間還有半年多，你就這麼肯定好運會站在你這一邊？」

「百分之百肯定！」

畢京強大的自信來源於配件廠的上馬，現在配件廠已經步入正軌，生產的配件正在源源不斷地銷售出去，頂多再過一個月就有回收款了，雖說他現在還不能算是百萬富翁，但距離百萬富翁只有一步之遙而已。

一步之遙是多遠？頂多兩三個月，用不了半年時間。因此，他有理由相信商深再有本事，也不可能在半年內憑空變出一百萬超過他。

「半年時間，會發生許多事。」商深不以為然地說，「在結局塵埃落定之前，先不要下定論，省得到時候打了自己的臉。」

「打臉？從范衛衛和你分手的一刻起，你就已經被打臉了，還好意思說我？哈哈哈！」畢京輕蔑地譏笑道：「不用我搶，范衛衛就主動離開你了，你連守都守不住她，還有什麼資格和我一比高下？應該說從范衛衛離開你的那一刻起，你就已經輸了。」

商深搖頭：「你錯了，衛衛離開我，不是因為我們不相愛，而是因為外界的環境，而且也和你沒有任何關係，所以怎麼能算是我輸了呢？畢京，你別自我安慰了，衛衛永遠不會喜歡上你，因為你根本就不是她喜歡的類型！」

「誰說的？」畢京急道：「范衛衛喜歡有本事的男人，所以她才會答應我們的賭約，她是個說話算話的女孩，只要我超越了你，她一定會當我的女朋友。」

崔涵薇向前一步，挽住商深的胳膊，傲然自得地說道：「先不管范衛衛以後怎麼選擇，也不管你和商深的打賭，我只想告訴你兩件事，一是商深的優秀讓他從來不缺少女孩喜歡，我現在就是他的女朋友；二是不管你怎麼努力，你都不是商深的對手，你會永遠被他踩在腳下。」

崔涵薇自然而然挽住商深胳膊的舉動，令葉十三立刻一臉灰色，眼露失落之意。

杜子清注意到葉十三的異常，緊咬嘴唇。

伊童目光淡然，在商深、畢京、葉十三和杜子清幾人身上掃來掃去，一副置身事外的表情，彷彿畢京並不是她的男朋友一樣。過了片刻她才意識到什麼，回過味來，想了想，上前一步也挽住畢京的胳膊。

商深和崔涵薇，畢京和伊童，四人兩兩相對。商深目光淡然，畢京目光冷峻，崔涵薇神情高傲，伊童神情玩世不恭。其餘人等分別在四人的背後，以四人為支點，形成了一個包圍圈，形勢一觸即發。

「話不要說得太早，誰說畢京就一定會被商深踩在腳下了？崔涵薇，只要有我在，畢京就不會敗。」伊童擺出不可一世的姿態，和崔涵薇針鋒相對，「你可以挺商深，我也可以挺畢京，誰怕誰？」

雖說商深和畢京的背後一個站著崔涵薇，一個站著伊童，二人似乎都是靠女人撐腰，但崔涵薇和伊童的態度卻大不相同，崔涵薇說話的語氣是以商深為主，將商深推到了台前，她隱身在幕後，而伊童則明顯是她掌控全局，畢京完全被她擺弄於股掌間的口氣。

畢京眼神中流露出不滿的神色，卻礙於伊童的面子，不敢過於表露出來，但他是個很自大並且自尊心很強的人，並不想當一個借女人上位的小白臉，何況以他的長相，他也沒有當小白臉的資格。

商深卻十分坦然，絲毫沒有壓力，也是崔涵薇的話給予了他足夠的尊重和抬高，不由他不暗暗讚嘆，雖然初見時覺得崔涵薇過於驕傲，但接觸後才發現，相比之下，還是崔涵薇更懂事更有分寸，比范衛衛成熟不少，也比伊童更識大體。

崔涵薇大度地說：「伊童，我們就算吵上幾個小時也分不出勝負，不如回去，等做出了成績再擺到桌面上一分勝負，成績才是可以我們值得比較的東西，說大話吹牛都沒用，你說呢？」

伊童本來還想當眾羞辱崔涵薇一番，借機滅滅商深的威風，商深淡定的樣子讓她看了很不爽，憑什麼她總是處處被崔涵薇壓上一頭，而畢京又被商深比了下去？爸爸的生意被崔明哲搶了去也就罷了，崔涵薇的男朋友還要比她的男友強，還讓不讓人活了？

不行，她一定要贏過崔涵薇，不能讓崔涵薇事事比她強，比她幸福。

如果……伊童的目光一掃，見一旁站立的葉十三身材高大，相貌英俊，是個十足的美男子，雖然神態不如商深自然從容，但不管氣質只問長相的話，葉十三不但不輸給商深，還要超出幾分。如果葉十三是她的男朋友，至少拿得出手，身高和相貌都強過商深，也算是在和崔涵薇的交手中小勝一局了。

可是她為什麼就看上了畢京？也不知道她哪根筋不對，非想拿下畢京，現在才知道，感情問題不能意氣用事，一定要冷靜思索。畢京對她冷漠就冷漠好了，她又何必非要犯勁征服畢京、讓畢京喜歡她？

見明顯落了下風，伊童心想算了，今天就先認輸好了，以後有的是機會贏回來，何必計較一時的得失?!

「好呀，既然商深和畢京有個一年之約，我們也定個一年之約怎麼樣？從現在開始，一年後，如果你的施得公司比我的眾合公司更有成績，算我輸；反過來，就是你輸，敢不敢打賭？」

「賭什麼？」崔涵薇落落大方地一攏頭髮，「交換男朋友的賭注就不必了，我對別人的男人沒興趣，尤其是長相一般的男人，我只喜歡商深一個，至於其他的賭注，隨便你。」

崔涵薇的話如兩把飛刀，一刀擊中畢京的肩膀，一刀命中葉十三的心臟。畢京身子一晃，差點沒跌倒。雖然他早就知道自己其貌不揚，但被崔涵薇當眾羞辱，還是覺得自尊心受到了巨大的衝擊，加上剛才伊童說話時將他當成掌中玩物的口氣，倍感受辱的他差點控制不住情緒。

不過目光一掃，見商深一臉淡然，他瞬間冷靜了下來，不能當眾失態，一失態，就輸給商深了，這麼一想，他又努力地保持鎮靜，甚至還微微露出一絲笑意。

## 第二章

# 真命天女

她向前將頭靠在商深的懷裡，商深輕輕抱住了崔涵薇，
感受到懷中崔涵薇身體的溫熱，想起他和崔涵薇相識以來一起走過的風雨，
說起來，他和她在一起的時間比和范衛衛在一起的日子還要多，
也許，她才是他的真命天女。

「就算你想交換男朋友，我還不樂意呢，畢京多好，比商深強了不只一百倍。俗話說，醜妻家中寶，醜夫萬事好，畢京長得這麼安全，不會被人當成小白臉，我也放心他不會被別的女人勾走。這樣吧，我們就賭商深好了。」

伊童露出了狡黠的笑容，目光在商深的身上轉了轉。

「賭我？」

商深就知道伊童不懷好意，也笑了，「我是大活人，怎麼個賭法？」

「很簡單，如果施得公司比眾合公司一年之後更有成績，就算崔涵薇贏了，我輸了。我輸了的話，就和畢京分手；但如果反過來，崔涵薇輸了，就要和你分手！怎麼樣，這個賭注還算公平吧？」

伊童笑得很邪性，眼睛不停地在商深和畢京的身上掃來掃去。

商深還沒表示，畢京卻再也忍不了了，一轉身掙脫伊童的雙手，叫道：「夠了，伊童，你想和我分手就明說，我不會糾纏你的，但不要拿我當賭注，我承受不起！」

伊童被畢京當眾發飆，臉色微微一變，隨即恢復正常，咯咯一笑：「輸不起還是玩不起？畢京，你不是一個沒底氣的人，怎麼反應這麼激烈？這很不像你呀。」

崔涵薇臉色也變了，如果讓她輸一百萬她也輸得起，但如果讓她輸掉商深，她不能答應。

「為什麼要拿商深當賭注，我不同意。」

「輸不起？」伊童用激將法。

「不是輸得起輸不起的問題，而是值不值得的問題。」商深伸出手環抱著崔涵薇的肩膀，作出一臉甜蜜狀，「我才捨不得離開薇薇，不管輸贏，我都會在她身邊。就算贏得了全世界，沒有她在身邊，又有什麼意義？」

商深的話不管真假，卻如一道閃電打中崔涵薇的心，她心神蕩漾，身子一晃，險些站不住，如果這句話真是商深的告白，她會幸福得醉了。

好在崔涵薇還保持了足夠的清醒，知道商深表演的性質居多，不過心裡還是無比甜蜜。女人就是喜歡自欺欺人，明明知道是假話也愛聽。

商深的話不但讓崔涵薇意亂情迷，也讓伊童一時目眩，如果是畢京對她說出如此一番情深意切的表白，她也許會真的愛上他。可惜的是，畢京現在不會，以後也不會。

「不要拿我當賭注，我不是你們拿來對賭的物品，我退出。」畢京高舉雙手，後退一步，站在伊童的安全距離之外。

「既然這樣，就換一個賭注，」伊童想了想，「如果你贏了，我願意讓你入股或是收購我的公司，如果我贏了也一樣，怎麼樣？」

「好。」崔涵薇乾脆俐落地一口答應，「就這麼說定了，一年後見？」

「好，明年的元旦，我們再看。」伊童哼了聲，轉身就走，「走，我們吃飯去，不和他們一般見識。」

黃廣寬幾人雖然憤憤不平，覺得吃了大虧，但既然伊童發話了，又打不過商深一方，只好恨恨地瞪了商深幾人一眼，轉身就走。

什麼時候商深身邊也有這麼多志同道合者了？黃廣寬依次打量著商深身邊的幾人，馬化龍從容不迫，歷隊沉穩有力，王向西意氣風發，文盛西氣質不凡；再看幾個女孩，崔涵薇高貴大方，藍襪淡然典雅，徐一莫青春奔放，衛辛人淡如菊，心中酸意洶湧，商深到底交了什麼狗屎運，朋友個個人中龍鳳，出類拔萃？

和商深擦肩而過的時候，他輕蔑地笑了笑：「商深，今天算你走運，下次再遇見，你就要倒楣了。」

商深只是淡淡地笑了笑，沒有說話，目光直接越過黃廣寬，落在了葉十三身上。葉十三卻沒看商深，目光停留在崔涵薇身上，複雜而傷感。

「商深，你小子壞了我多次好事，我可是記住你了。」朱石對商深痛恨無比，他把被范衛衛派保鏢痛打一頓的賬也記在了商深身上，今天他又被商深當眾打得滿地找牙，對商深有好感才怪。

「我也記住你了。」商深微笑著回應了朱石的挑釁，「男人喜歡美女很正常，但見到美女就搭訕，想動手動腳，就不對了，要麼是心理不健康，要麼是身體有殘疾，或者是兩者都有。你是哪一種？」

商深的話如火上澆油，朱石本來就對商深抱著崔涵薇的舉動極度不滿，現在又被當面羞辱，一時氣憤難當，伸手就朝崔涵薇的臉上摸去：「我就是心理不健康加身體殘疾，你能對我怎麼樣？」

手才伸出一半，就被商深抓住了，商深用力一彎，再用力一拉，朱石身子弓成了蝦米，半蹲下來，疼得直叫：「哎喲，放手，趕緊放手，再不放手我對你不客氣了。」

現在商深完全掌握了主動，一腳將朱石踢倒：「你還能怎麼對我不客氣？」

朱石在地上打了個滾，怒火沖天，當即抓住掃帚就要和商深拼命，卻被黃廣寬拉住了。

「算了，君子報仇十年不晚，今天就放過他。」黃廣寬陰陰地看了商深一眼，「總還有再見面的時候。走，我們先去吃飯，別浪費了伊童為我們在『蜀道難』訂好的貴賓間。聽說貴賓間只有兩間，可以享受超凡的待遇，看他們的樣子，應該是沒訂到房間被趕出來了，哈哈。」

本來商深一行也打算離開了，聽到黃廣寬的話，藍襪忽然停下了腳步，俯身到崔涵薇身邊耳語幾句。

崔涵薇先是一愣，隨後點頭笑了，二人衝商深等人揮了揮手，說道：

「走，我們也去，今天還偏偏就要在『蜀道難』吃飯了。」

商深幾人不明就裡，不過到底是年輕人，都想爭一口氣，憑什麼是伊童他們訂了房間就沒有他們的房間，幾人相互點頭，跟在崔涵薇和藍襪身後，返回了「蜀道難」。

伊童他們走在前面，先到一步，到了後，伊童和服務員說了句什麼，服務員非常有禮貌地請幾人上樓。

伊童得意地回頭瞥了崔涵薇一眼，眼中露出勝利之色，總算扳回一局，心理平衡了幾分，她招呼幾人上樓：

「三樓一共兩個貴賓間，左手一個右手一個，我們是右手邊的，別進錯了。涵薇，你們是哪一間呢？不對，兩個貴賓間都被訂出去了，你們不會在大廳吃飯吧？也不對，大廳也沒地方了，不過你們可以蹲在門口吃，也挺有情調的。」

「多謝關心，不過我很遺憾地通知你，伊童，你的貴賓間被我們拿走了。」崔涵薇說完，藍襪越眾而出，從伊童身邊擦身而過，來到服務員面前，拿出一張卡，「我要用貴賓間。」

那是一張很普通的白色卡片，看不出有什麼奇特之處，上面甚至沒有名稱，只有一個私人簽名，龍飛鳳舞，看不出寫的是什麼字。

服務員一看此卡卻如臨大敵，臉色都變了，深深地彎下腰，雙手捧過卡片：「好的，請您稍等，我馬上給您安排。」然後一臉歉意地對伊童說道：「對不起，伊小姐，您預訂的貴賓間被徵用了，實在抱歉。」

「什麼？」伊童睜大了眼睛，不敢相信眼前發生的事，憤怒地叫道：「為什麼？憑什麼？我預訂在先，憑什麼要讓給他們？不行，我不讓，說什麼也不讓！」

「不讓也不行。」服務員一臉為難的表情中，又有不容置疑的堅定，

「蕭總鄭重交代過，只要是持有超級卡的貴賓，不管提出什麼要求，我們必須無條件服從，就算是拆了飯店，我們也必須配合。」

不是吧，一張卡有這麼大的威力，這是什麼卡？是遊戲世界裡面的通關卡嗎？別說伊童，就連商深等人也是面面相覷，一臉愕然。

藍襪到底是什麼人，怎麼會有這麼大的來頭？伊童心中震驚莫名。她雖然也認識藍襪，卻只知道藍襪身世神秘，家裡很有錢，但到底她家裡因何有錢，又從事什麼生意，一概不知。

她也問過爸爸，爸爸也說查不到藍襪的來歷，似乎藍襪是憑空出現的孤兒一樣，誰也不清楚藍襪的父母是誰，藍家在國內有什麼產業。

甚至沒人見過藍襪的父母！藍家就有如傳說般的存在，不顯山不露水，低調得如一滴露水，而這滴水卻可以藏海。

商深一向自認有識人之明，比如范衛衛或崔涵薇，都各有氣質和其高貴，一看就知道出身不凡，而杜子清、徐一莫和衛辛，則不時露出小家碧玉的親和力，但從藍襪身上，他完全看不出來她的本色，就如一塊含而不露的美玉，包裹在石頭中，樸拙含蓄，收斂了所有鋒芒。

如果說商深是一把藏在鞘裡的寶刀，那麼藍襪就是一塊璞玉，寶刀出鞘容易，璞玉出石就難多了，還有待慧眼識珠之人識破她的偽裝。

剛剛對戰時，自己已經輸了一局，現在又輸了，伊童大怒：「不行，凡事都要講規矩，講究個先來後到，明明我先訂的房間，為什麼要讓給他們？不讓！」

「就是嘛，不讓！」朱石跳出來為伊童搖旗吶喊，「讓他們去搶別人的好了，不是還有一間貴賓間嗎？憑什麼搶我們的？不行就是不行！」

「不好意思。」服務員雖然年紀不大，頂多二十出頭，卻十分鎮靜，看來是見過大場面的人，冷冷一笑，「是還有一個貴賓間，不過對方來頭很大，你們惹不起。本店本著欺軟怕硬的原則，只好徵用你們的貴賓間了。」

服務員名叫蕭小小，長相甜美，她本來對伊童一方一視同仁，並沒什麼偏見，不過不知道為什麼，一見朱石的樣子就心生厭惡。

或許是色男會散發一種讓女人厭煩的氣息，反正不管是什麼原因，蕭小小本來平和的態度因為朱石的出現而驟變，說出了氣話。

「什麼？」

朱石暴跳如雷，還有這樣的事，直接當他們是軟柿子捏，欺人太甚！

他推開伊童，上前一步，手指著蕭小小的鼻子，「你一個小小的服務員也敢這麼說話，信不信我砸了你們的店？」

葉十三也忍不住了，本來他不想出面，但實在是商深一方挑明了要他們難看，於是分開眾人來到蕭小小面前，一拍櫃檯說道：

「砸店就不必了，我只想問你，你說另一個貴賓間的客人來頭很大，我們惹不起，那你知道我們的來頭嗎？我們你們就惹得起了？」

他相信以伊童的來歷，放眼北京也沒有幾人可以壓過她。

伊童朝葉十三點了點頭，和朱石的淺薄和浮躁相比，還是葉十三處理事情進退有度，頗有大將之風，她又不無遺憾地看了畢京一眼，不由嘆息一聲，或許她不該賭氣，畢京終究不是她的菜！

搖搖頭，驅散腦中的胡思亂想，她又回到了現實中，會是誰呢？伊童心思浮動，莫名地緊張了幾分。

「他們是……」

蕭小小深吸了一口氣，正要說出對方的來歷時，忽然愣住了。

「是誰要搶我的房間？吃多了還是活膩了？」

一個聲音在葉十三的身後響起，隨後氣勢洶洶地來到葉十三面前，上下打量了葉十三一眼，表情由好奇瞬間變成了輕蔑不屑。

「我還以為是哪家達官貴人呢，原來是你這棵蔥啊。我都快忘了你這個傢伙了，沒想到你自己倒送上門來了。怎麼，不但想跟我搶女朋友，還想搶我訂的房間是不是？好呀，我讓你搶！」

話說完，揚起巴掌，立即一掌打在葉十三的臉上。

葉十三由於看到來人太突然，以至於愣在當場，沒防備對方的動作，一個耳光正中臉頰，當即右臉就腫了。

畢京也認出了來人是誰，不是別人，正是祖縱。

畢京一向自詡為天不怕地不怕，偏偏就怕祖縱。祖縱除了人稱「祖一夜」外，還有一個外號叫「祖小心」。意思不是說他做事小心，而是說他為人小心眼，睚眥必報，只是要得罪過他的人，不管過多久，只要他想起來，就會想方設法加倍討回。

上次割破祖縱的汽車輪胎，祖縱一定對他耿耿於懷，不提四個賓士車的輪胎價值多少，光是以祖縱的性格肯定咽不下這口氣。見識過祖縱發瘋的他當即慫了，悄悄後退幾步，想要藏身在人群之中，不被祖縱發現。

不料他才一動身，就被祖縱發現了。祖縱認出他來，當即哈哈一笑：

「你也在？太好了，今天來個一窩端，上次你割了我的車胎，我還沒有和你算帳呢，既然遇上了，來，別跑，今天一定得好好算個清楚才行。」

祖縱橫行霸道慣了，誰也不放在眼裡，一個箭步就衝了過去，撞開黃廣寬、朱石，一把抓住了畢京。

朱石不知道祖縱是誰，見祖縱動手打葉十三，還想對畢京出手，早就憋了一肚子氣的他哪裡還按捺得住，吃個飯吃得這麼憋屈，先是被商深欺負，現在又被一個長得其醜無比、跟麻桿一樣的骷髏欺負，再不還手，傳出去都沒法混了，二話不說，當即飛起一腳就朝祖縱的後背踢去。

朱石的最大缺點就是沒有眼色，不分時間地點的對美女耍流氓也就算了，美女的還擊力度畢竟有限，卻還看不清楚形勢，不管在哪裡都拿出一不怕瘋二不怕傻的愣頭青精神，說動手就動手。

結果朱石的身子才一動，腿剛伸出，腳離祖縱的後腰還有一段距離時，旁邊突然憑空出現了一隻腳，正踢中他還在半空的腿，一陣巨痛傳來，他痛呼一聲，撲通就摔倒在地。

祖縱身前身後跟了一大批人，所謂物以類聚，人以群分，他是什麼性格，周圍的朋友就是什麼樣的人，有人想偷襲祖縱，他的朋友自然不幹。向朱石出手的人，是一個個子不高、矮小精悍的男人，不到三十歲的樣子，穿著看似普通，卻全是名牌，舉手投足之間流露出一股咄咄逼人的氣勢。

商深看出矮小男人應該是部隊出身，說不定是特種兵。

矮小男人的出手看似輕描淡寫，其實力道大得驚人，朱石被踢中後，原地打了個滾，還想站起來，卻發現右腿完全麻木，一點兒也使不上力氣，一下又摔倒在地，他又驚又恐又痛，大喊：「黃哥，別放過他們。」

黃廣寬比他聰明多了，一見祖縱不但人多勢眾，而且個個不是什麼善類，迅速和黃漢對視一眼，又和伊童交流了下眼神，立刻得出結論，三十六計走為上策。

伊童也認出了祖縱，心中一片涼意，如果北京有幾個她惹不起的人的話，祖縱就算其中之一，而且還是她最不想惹的人之一！她知道再僵持下去只會更丟人，伸手一拉葉十三，示意葉十三趕緊一走了之。

葉十三被當眾打了一個耳光，怒火三丈，如果是平常還好說，偏偏崔涵薇在場，在夢中情人面前被人羞辱，簡直是平生的奇恥大辱，哪裡還克制得住，當即飛一般朝祖縱撲去。

「我和你拼了！」

「十三，不要！」

伊童嚇得花容失色，葉十三沒有留意到就在祖縱動身的同時，祖縱的幾個同伴已經悄悄地移形換位，分別盯住己方的每一個人，很明顯祖縱的人馬打架經驗豐富，而且分工有序，都是高手。

葉十三的身後早就有一個人盯著了，葉十三一動，對方也動了，這人長得五大三粗，脖子上紋了隻老虎，不等葉十三的拳頭舉起，對方一腳飛出，正中葉十三的後背，葉十三悶哼一聲，身子朝前一晃，撲倒在地。

老虎不肯善罷干休，向前一步，一腳踩在葉十三的後背上，腳下用力，嘿嘿一陣狂笑：「還敢不敢？」

「敢！」葉十三摔得滿嘴是血，卻不肯服軟，吐了口血唾沫，咧嘴一笑，「有種你打死我。」

「哼，嘴還挺硬的！」老虎腳下用力，整個人幾乎站在了葉十三身上，哈哈大笑，「讓你嘗嘗被我踩在腳下的滋味……」

葉十三嘴上唔唔發聲，還是不肯服軟，眼見他被踩在地上痛苦不堪之時，忽然一人衝了過來，撞在老虎的身上。

老虎猝不及防，被撞得摔倒在地上，他定睛一看，見是一個白淨文雅的年輕人，頓時大怒，從地上一躍而起：「你敢打我，不想活了？」就要衝向商深動手。

救下葉十三的人正是商深。

商深不忍看葉十三被人踩在腳下，雖然他和葉十三漸行漸遠，卻仍是不能狠心眼睜睜看著葉十三被人欺凌，畢竟是多年的兄弟。

商深的挺身而出頓時引發了混戰，老虎向商深出手，商深後退一步，老虎的攻擊落空，老虎不肯放過商深，再向前一步，忽啦啦一聲，商深的周圍圍過來許多人，馬化龍、王向西、文盛西等人自然不會看著商深吃虧，毫不猶豫加入了戰團。

見商深一方全軍出動，伊童知道反擊的時機到了，大喊一聲：「我們和商深聯手對付祖縱，大夥兒都上啊！」

畢京見狀，知道再溜走就太丟人了，左手一拉黃廣寬，右手一推黃漢：「上！」黃廣寬和黃漢也知道現在正是借力打力的大好時機，錯過就太傻了，二人氣勢大漲，猛然朝前一衝，和祖縱一方正面相遇。

祖縱一夥一共六個人，雖然個個是精兵強將，但架不住兩方聯合在一起的人多，商深和伊童聯手，足有十幾個人，完全將祖縱的人馬團團包圍在其中。

祖縱也意識到了不對，不再和畢京糾纏，轉身回到場中，上下打量了商深一眼——此時商深處在最核心的位置，是兩方聯合力量的交匯點，看上去就像他是為首者一樣。

「你是誰？」

祖縱第一次見到商深，見商深當前一站淡然從容的樣子，頗有幾分領袖風采，愣了愣，接著目光越過商深，落在商深後面的崔涵薇身上。

「薇薇？」

祖縱眼前一亮，沒想到崔涵薇也在，他最近流連花叢，交了無數新女友，早就將推倒崔涵薇的事拋到了腦後，沒想到今天在這裡意外重逢，數月不見，崔涵薇愈加出落得亭亭玉立了。

「你怎麼也在？這些都是你朋友？」

崔涵薇對祖縱十分反感，從祖縱出現的一刻起，她的心情就沉到了谷底。她本能地朝旁邊一閃，躲開祖縱故作熱情的擁抱，冷冷地回道：「祖縱，你還是不改你囂張狂妄的本性，請你離我遠一些，我不想和你說話。」

「你是我的女朋友，怎麼連話都不想說？不說話的男女朋友還真是奇葩。」祖縱嬉皮笑臉地向前湊了上去，伸手要摸崔涵薇的臉，手剛伸出，就被另一隻手抓住了。

「祖縱，不要騷擾我女朋友。」

商深挺身而出，雖然他還沒有和崔涵薇確定彼此的關係，但他以她男朋友的身分出面名正言順，「再動手動腳的話，小心我教訓你。」

「教訓我？」祖縱怪笑一聲，「你算老幾，敢教訓我？信不信我一根小手指就可以把你打得連你爹娘都不認識你？不對，你說什麼？你說薇薇是你女朋友，少胡說八道了，薇薇怎麼會看上你這個癟三？」

「如果我是癟三，恐怕你是連癟三都不如的人渣。」商深挺直了胸膛，「薇薇怎麼會看上我是她的事，反正她看不上你就是了。」

他英俊的外表和不凡的丰姿立時將如骷髏一般的祖縱比得如塵埃裡的螞蟻。

「他就是我的男朋友。」崔涵薇抱住了商深的胳膊，將頭靠在他的肩膀上，一臉甜蜜地說：「他是我今生的最愛，我只愛他一個人，祖縱，請你走開，不要打擾我們。」

徐一莫、藍襪和衛辛三人對視，一齊作嘔吐狀，快被崔涵薇給甜死了。

祖縱眨了幾下眼睛，不敢相信眼前的事實，再次打量了商深幾眼：「你叫什麼名字？」

「商深。」

「哪裡的？」

「中國的。」

「我問你哪個地方的人，不是北京人吧？」

「保密。」

「保密你個頭。」祖縱怒了，雖然他對崔涵薇並沒有什麼真感情，也壓根沒有真把崔涵薇當是他的女朋友，但當眾被崔涵薇羞辱貶低，他哪裡還忍得住，頓時跳了起來，伸手就朝商深的頭上打去，「我打爆你的頭！」

商深豈能讓祖縱打中，閃開了祖縱的一擊，哈哈一笑：「說不過、比不過就動手打人，祖縱，你還真以為自己是別人的祖宗？你不過是個狂妄自大的跳梁小丑罷了。有本事的話，以理服人以德服人，靠拳頭和囂張贏了別人，也不會讓人心服口服。說服對手永遠比打敗對手有難度，什麼時候你能讓別人臣服在你的光輝之下，你才是一個真正的勝利者。」

此話一出，祖縱反而愣住了，愣了片刻，他嘿嘿笑說：「長這麼大，還是第一次聽別人說我是跳樑小丑，不過想想，剛才我跳腳的樣子還真有幾分跳樑小丑的風姿，哈哈。商深是吧，我叫祖縱，很高興認識你。」

商深也是一愣，沒想到祖縱此人倒也有意思，既然對方主動伸手示好，他又何必拒人於千里之外，何況他剛才才說了「說服對手永遠比打敗對手有難度」的話，就接過了祖縱伸過來的手，淡淡一笑：

「我是商深，很高興認識你。」

祖縱和商深握了握手，又不無遺憾地看了崔涵薇一眼，搖搖頭說：「別說，商深，你和薇薇站在一起，還真有夫妻相。今天我是來吃飯的，不是打架的，既然薇薇跟你在一起，我也不好再說什麼，這樣吧，我要和你公平競爭，要做到以德服人，以理服人，要讓你心服口服地服我，要讓薇薇心甘情願地離開你然後跟我，所以我決定了，從現在開始，我們就是薇薇的共同追求者，以後各憑本事來贏得薇薇芳心，怎麼樣？敢不敢賭？」

「敢呀，怎麼不敢？」

商深發現雖然傳說中祖縱很無恥下流，真相是他也有可愛的一面，就爽快地接受了祖縱的賭局。

「就這麼說定了，公平競爭，各憑本事。」

「一言為定！」祖縱再次和商深握了握手。

不知何故，他對商深印象很不錯，不但對商深沒有強烈的敵意，反而覺得商深是個可交的朋友，他拍了拍商深的肩膀，示好地說：「薇薇眼光很高，人很挑剔，你能得到她認可真不簡單，回頭好好聊聊，傳授一點經驗給我，哈哈。」

「……」商深有些無語，祖縱也太沒有城府了，說要和他公平競爭，卻向他請教經驗，這麼看來，其實祖縱是個心思簡單的人。

他只好無奈地笑說：「好吧，有機會就一起交流交流。」心裡卻想，泡同個妞這樣的事，能一起私下交流嗎？

「就這麼吧，我先去吃飯，回頭再聊。」祖縱又依依不捨地看了崔涵薇一眼，作勢欲抱，「薇薇，真的不抱一下嗎？」

崔涵薇搖頭，逃到一邊。

祖縱自嘲地一笑，回頭看到葉十三，臉色頓時晴轉多雲：「以後別讓我再看到你，見一次打一次，媽的，影響我吃飯的心情。要不是今天見到了薇薇讓我心情好一點，我非打得你生活不能自理不可。」

話一說完，還朝葉十三呸了一口，領著隨眾聲勢浩大的上樓而去。

伊童一幫人張口結舌地呆立當場，望著祖縱囂張不可一世的背影，沒有一人敢挪動腳步，全都嚇傻了。就連葉十三和畢京也不敢相信剛才發生的一切，吃了那麼大的虧，不但沒有還回來，還讓對方揚長而去，太丟人了。

幾人面面相覷，雖然心中憤憤不平，卻沒有一人敢向前一步去追祖縱。剛才祖縱的囂張和狂妄給幾人留下了不可抹滅的印象，都被祖縱的強悍和氣勢嚇破了膽。

直到祖縱一行完全消失在樓梯的拐角處，伊童幾人才如夢方醒，葉十三恨恨地瞪了商深一眼，一拉伊童，小聲說了幾句什麼，然後伊童也意味深長地看了崔涵薇一眼，轉身帶領眾人離開了。只留下一地雜亂的腳印，無聲地訴說著剛才曾經發生過的一場衝突。

等伊童幾人走遠，文盛西罵道：「真沒禮貌，明明是商深替他們解了圍，連句感謝話都沒有就走了，真沒水準。活該被打！商深也是，要是我，才不管他們，讓他們被祖縱狠狠打一頓才解氣。」

馬化龍搖搖頭：「我覺得商深做得對，做人要看長遠，不能計較一時得失。我們已經大獲全勝了，得饒人處且饒人。」

「真氣人，你還是不是男人？」崔涵薇見商深想要賴，生氣了。

「不是。」商深一臉認真地說道：「我還是一個男孩。」

「噗……」崔涵薇被商深氣笑了，一放茶杯說道，「反正說出去的話潑出去的水，收不回來了，你看著辦！你當著那麼多人的面說要和祖縱公平競爭，你也知道祖縱是個大嘴巴，你是我男朋友的事實，相信一夜之間就會傳遍北京的圈子，不管你是不是我實際上的男友，名義上是跑不了了，與其背著一個虛名，不如坐實了比較好。」

商深撓了撓頭：「涵薇……」

「叫薇薇！」

「薇薇……」商深摸了摸鼻子，不好意思地說，「等不到衛衛對我當面說分手，我不想放棄最後的希望。」

「如果范衛衛永遠不再見你呢？你要等她一輩子？」崔涵薇想不通商深的邏輯，「你到底是想等范衛衛一個鄭重其事的分手，還是想以此為藉口拒絕我呢？如果你對我真的一點感覺也沒有，好，我不勉強，我退出。」

商深不知道該說什麼，平心而論，他確實有幾分喜歡崔涵薇，不對，應該說是很喜歡崔涵薇，雖然她稍有傲慢的小性子，但對他確實好得沒話說，不但會是生活上的良師益友，也會是事業上的合作夥伴。對崔涵薇，他無從挑剔，無話可說。

「說話！」

見商深半天不說一句話，崔涵薇急了。商深在別的事情上都挺拿得起放得下，就是在范衛衛的事情上不夠爽快，雖然她也可以理解范衛衛是商深的初戀，初戀最難忘懷，但她就是理解不了為什麼范衛衛明明都告訴商深已經和他分手了，商深還要等她。

其實她也清楚，如果不是為了等范衛衛，商深對她是有感覺的，她能感覺得到。男女之間的感情是很微妙的，明明當事人都可以感覺到彼此對對方的好感，卻不敢或不願說清楚講明白。然而在外人看來，他們的關係早就明朗化了。

「我和衛衛、畢京之間有一個一年之約，之前你也聽到了，畢京還想在一年之約到期時和我一比高下。我也相信衛衛是個言出必行的人，一年之約到期之時，她肯定會出現的。」商深說出了他的真心話，「距離一年之約只有半年時間了，半年後，如果衛衛不出現，我就當她徹底從我的生命中消失了。」

半年時間？崔涵薇想了想，她都已經等了半年，也不在乎再多等半年了，何況接下來的半年裡會有許多事情要忙，也就不再逼迫商深了，端起茶杯，燦然一笑：「好吧，再給你半年時間，如果半年後你還不對我好，我就跟別人跑了。」

「跟誰？」商深一臉緊張。

「要你管！」崔涵薇嘻嘻一笑，「要麼是祖縱，要麼是葉十三，反正都是你不喜歡的人，噁心死你。」

商深摸了摸後腦，憨厚地說：「要是實在想跟人跑，你至少要找一個門當戶對的，別隨隨便便就跟了祖縱或是葉十三。」

崔涵薇以為商深會說出一番什麼大道理來，正準備洗耳恭聽時，不料商深話鋒一轉，嘿嘿一笑：「你可以考慮一下黃廣寬或是朱石……」

「耍死呀你。」崔涵薇被商深成功地反將一軍，隨手抓起一樣東西就砸向商深，「打死你算了。」東西出手覺得不對，原來是手機，哎呀一聲。

還好商深眼疾手快，伸手接住了手機，取笑道：「隨便就拿手機砸，到底是有錢人。」

「去你的，一個手機算什麼，我是怕砸傷了你。」崔涵薇見天色不早，起身要走，「我要回家了，明天公司正式開張。」

「要不別走了，你住得那麼遠，明天早上我們一起去公司，多方便。」

商深是真心挽留崔涵薇，崔涵薇住的地方離京北花園遠，離公司也遠。

「真心想我留下來？」崔涵薇羞澀一笑，上下打量商深，「會不會不安全？」

「怎麼會不安全？」商深啞然失笑：「不對，是我可能會不安全吧。」

「你！」崔涵薇氣得伸手去打商深。「商深，你老實交代，你不會真和范衛衛發生什麼了吧？」

「你覺得呢？」商深故意逗崔涵薇。

「我怎麼知道？」崔涵薇又急又惱。

多情總比無情惱，商深搖搖頭，崔涵薇對他是真的動心了，他輕輕說道：「不是尊前愛惜身，佯狂難免假成真。曾因酒醉鞭名馬，生怕情多累美人……其實，我真的不想傷衛衛的心，可是最終還是傷了她的心，到底是為什麼呢？」

見商深一臉悲愴，崔涵薇沒再繼續追問下去，她感覺到商深是個傳統的人，應該不會和范衛衛發生什麼，畢竟相處的時間還短。

她向前將頭靠在商深的懷裡，柔聲道：「不怪你，也不怪她，只怪你們情深緣淺，有緣無分吧。」

商深輕輕抱住了崔涵薇，感受到懷中崔涵薇身體的溫熱，想起他和崔涵薇相識以來一起走過的風雨，說起來，他和她在一起的時間比和范衛衛在一起的日子還要多，也許，她才是他的真命天女。

「抱抱我，商深。」崔涵薇柔情無限，覺得商深經歷了太多不該經歷的感情糾葛，很想用她全部的愛來溫暖商深。

「不管遇到怎樣的阻力，也不管經歷怎樣的風雨，只要你在，我就永遠不會離去，我保證。」商深用力抱住了懷中的崔涵薇，第一次感受到崔涵薇的真情流露，他的心都要融化了。他將頭埋在崔涵薇的長髮間，嗅到崔涵薇秀髮的清香，心亂如麻。

男兒有淚不輕彈，只因未到傷心處，不知何故，商深一時想起了許多人，許多事，范衛衛、葉十三、杜子清、徐一莫以及眼前的崔涵薇，鼻子一酸，眼淚奪眶而出。

人生是一條滾滾向前奔流不息的河流，錯過的也許就會永遠錯過，而曾經擁有的，也未必就真的屬於你。還是勇敢地大步向前吧，前方，才是你勇往直前的未來。

## 第三章

# 一劍在手，天下我有

商深一邊演示功能，一邊說道：

「平常我們使用電腦最大的困惑是什麼？就是電腦裡面的垃圾檔案越來越多，

佔用空間越來越大，導致啟動和運行速度越來越慢，

所以『電腦管理大師』的目的，就是一劍在手，天下我有。」

晚上，崔涵薇留了下來，反正房間夠用，她睡在主臥室，商深仍然睡次臥。

半夜，商深被一陣說話聲驚醒，嚇了一跳，以為房間進賊了，又一想，不對，京北花園是一個十分安全的社區，不會也不可能有小偷。仔細一聽，原來是崔涵薇在說夢話。

「商深，我真心對你，希望你也能真心對我。希望你不要再糾結過去不放了，放下過去才能面向明天，范衛衛不會回來了……」

商深搖搖頭，不知是該笑還是該感動。他悄悄來到主臥室，見房門虛掩，沒有關上，心想崔涵薇對他還真是不設防，輕輕推開房門，映入眼簾的是崔涵薇側身睡在床上的倩影。

商深不是登徒子，他進房間並不是為了偷窺崔涵薇的睡姿或是意欲對崔涵薇不軌，只是想看看崔涵薇有沒有蓋好被子。

果然不出他所料，崔涵薇半個身子露在外面。還好她穿了睡衣，不過曲線玲瓏卻是一覽無遺。商深屏息躡腳，悄悄替崔涵薇蓋好被子，然後又輕輕走了出去。

崔涵薇似睡非睡間，不動聲色地露出了心滿意足的笑容。

次日，陽光大好，商深和崔涵薇下樓吃過早飯，開車去公司。迎著初升的朝陽，商深意氣風發，崔涵薇粉面如玉。

商深開車，半年來，他不但拿到駕照，車技也大有提升。公司成立後，崔涵薇打算為商深配一輛專車，商深本想要一輛普通的小汽車，文盛西聽說後，非要鼓動商深開越野車，說男人都要有一款可以馳騁天地的越野車，這樣方現男兒氣概。架不住文盛西的再三鼓吹，商深便向崔涵薇提出了要求。崔涵薇自然沒有異議，為商深選了一款吉普車。

公司樓下已經佈置一新，員工全部到齊，由副總王松統籌一切事務。

王松年約三十左右，一臉憨厚忠誠之相，是商深親自招聘的幹將。在招聘時，他的長相便很得商深喜歡，大凡忠誠之人必有忠厚之相；其次他的談吐進退有度，亦不浮誇，讓商深認定他是個將才。

將才和帥才的不同之處在於，將才必須具備沉穩可靠的品格，能堅定地執行董事會的管理理念；而將才不需要有多大魄力和多有創意的創新精神，但必須有方正的性格和公正的管理理念。

王松將一切都佈置妥當，商深一拍王松的肩膀，誇讚道：「王哥，很好，滴水不漏。」

王松呵呵一笑：「商總過獎了，分內之事本應做到滴水不漏。如果分內之事還做不圓滿，就是失職了。」

商深哈哈一笑：「說得好，如果人人都做好本職工作，並且熱愛工作，誰都會有一個不錯的前景。許多年輕人埋怨沒有機會，沒有升遷，卻不從自身的態度尋找原因，那樣只會在埋怨中再次錯過機會。一個人只有自身強大，才有選擇的機會。就如同假使你不會開車，給你一輛寶馬你也開不走，不是？」

「商總所言極是。」王松是由衷地佩服商深的見解，「就和商總一樣，如果不是商總如此優秀，崔總也不會和您合作不是？而且看樣子，崔總還想和您更深一層進一步的合作……」

王松笑得很是曖昧。

不會吧，他和崔涵薇的關係有這麼明顯，誰都看得出來？不過一想也是，他未婚，崔涵薇未嫁，崔涵薇是公司的董事長，他又是大股東兼總經理，任誰都會猜測他和她的關係非比尋常。

「王哥，管理大師軟體的推廣，方案做出來沒有？」商深巧妙地轉移了話題。

「做出來了，已經放到您的辦公桌上了。」

王松是聰明人，知道商深不願意再提此事，不過從兩人同時出現可以得出結論，二人昨晚一定在一起。只是是否同居一室，就不知道也不好說了。

放過鞭炮，走完程序，上樓到了公司，全體員工列隊歡迎。藍襪也在其中。

藍襪穿了一件再普通不過的藍色風衣，緊緊包裹在內的身材胖瘦適宜，曲線動人。不過，和她掩飾不住的美麗不相稱的是，她還戴了頂大帽子，低頭站在員工中間，低調得好像不存在一樣。

誰也不知道她竟是公司的第二大股東，甚至比總經理商深還要位高權重，但她卻沒有在公司擔任任何職務。

作為總經理，商深發表了簡短的講話。

「有人說，這是一個最好的時代，因為我們恰適其時，趕上了互聯網的浪潮；也有人說，這是一個最壞的時代，因為互聯網的興起，會顛覆許多行業、會改變許多習慣。到底這是一個最好的還是最壞的時代？你說好就好，說壞就壞，全在我們一念之間。跟上了時代的潮流，並且引領時代潮流，這就是一個最好的時代；跟不上時代潮流，被時代拋棄，或是固步自封，不肯適應時代的改變，這就是一個最壞的時代。凡是認為這是一個最好的年代的人，都是成功者；反之，就是失敗者，那麼我問你們，你們說這是一個什麼樣的時代？」

商深的演講雖然簡短，卻熱血沸騰，激發了所有員工的血性，眾人一起高喊：「這是一個最好的時代。」

「不錯呀商深，很有馬朵的演講水準。」

進到辦公室，崔涵薇一拍商深的肩膀，對商深剛才的一番高論很是滿意，「繼續保持，照這樣下去，你早晚會超越馬朵的成功。」

「馬朵又不懂技術，以後能有多大的成就？」

藍襪坐在辦公室的沙發上，斜身靠著沙發背，有一種美人倚紅樓的美感。

「我覺得以後成就最大的，應該是張向西的興潮網和王陽朝的索狸網，以及向落的絡容網，甚至馬化龍以後也有可能會超過馬朵，馬朵的黃金時代已經過去了。」

馬朵自從加入外經貿部的項目後，中國黃頁網站的步伐就大大放慢了，雖說不是停滯不前，至少不如從前一樣勢不可擋了，藍襪會看衰馬朵的未來也在情理之中。

「說到馬朵，就說到了以後我們公司的發展方向了。」商深招手讓王松也來參與討論，「我認為，互聯網發展到今天，走過一九九七年互聯網元年之後，九八年應該是一個飛速發展之年，互聯網的普及，會顛覆以前的觀念，重新建立一個新的秩序。」

「什麼秩序？」藍襪問。

「我怎麼知道？」商深雙手一攤，「如果我能預知新的秩序，就可以先一步搶佔先機了。所以從某種意義上來說，馬朵就是個可以預知先機的人，他的中國黃頁一開始並不被人看好，但是他堅持自己的看法，硬是上馬，結果他成功了。」

「他是賭對了，賭對一次不算什麼，賭對第二次才有資格說是可以預知先機。」藍襪總覺得馬朵行事有點過於誇大，她並不喜歡馬朵的為人，「商深，你的意思是，馬朵會在互聯網浪潮到來後，再一次抓住機遇？」

「我不敢肯定，但我認為中國互聯網的興起，肯定馬朵會參與其中。你不要忘了，馬朵雖然對電腦一竅不通，甚至也不懂互聯網技術，但他有口才，有領導才能，而且他有快人一步的眼光，我覺得他以後可能會是中國互聯網成就最大的一人。」商深推測說。

「你的依據是什麼？」崔涵薇對商深對馬朵的盲目推崇大感不解，儘管她對馬朵沒什麼偏見，但在她看來，和馬化龍、張向西、王陽朝、向落等人相比，馬朵既沒有海歸的文憑，又沒有海外資金的資助，更不是專業出身，他憑什麼可以超越所有人？

「我剛才說過了，互聯網的興起，讓ＩＴ業技術為王的時代已經過去了，接下來會進入內容為王、創意為王的時代。」

商深侃侃而談道，從現在起，他正式進入角色，以置身於互聯網大潮的創業者自居了，雖然之前他為此做好了充足的準備，但就他自己認為，以前只是在助跑階段，現在才是開始衝刺的動作。

王松端坐在下首，洗耳恭聽著商深的高論。崔涵薇微歪著頭，一臉笑意，藍襪則是以手托腮，饒有興趣的樣子，就如一個虛心好學的學生。不過她可不是一個聽風就是雨的好學生，很有自己的見解，別人輕易說服不了她。

「我基本上贊成你的說法，在互聯網普及之前，確實是技術為王的時代，一個軟體就可以創造奇蹟，但在互聯網普及的時代，雖然會進入內容為王和創意為王的時代，但技術為王依然存在，並不會過時，只不過會和內容為王、創意為王並存，不如以前一樣獨佔鰲頭了。」

藍襪說出她的見解，眼中閃現若有所思的光芒：

「從目前的跡象來看，門戶網站會異軍突起，說不定會在相當長一段時間內是互聯網的風向標，和門戶網站的包羅萬象相比，其他行業網站也會出現一些，但最終哪些可以存活下來，就不好說了，還是要看誰更能抓住網民的心思。現在網民還很少，但可以預見的是，在不久的將來，網民數量會迅速增多。」

「沒錯，中國畢竟是人口大國，相信以後網民數量早晚會以億計。網民數量的增多，就意味著互聯網的壯大。」

商深對藍襪的說法深以為然，不由心中暗暗一驚，藍襪不但有一個深不可測的身世，還在低調之下隱藏了高人一等的遠見，不簡單，是個很有智慧的女孩！

「網站就和報紙雜誌一樣，想要吸引人，就要有足夠讓人眼睛一亮的內容，所以是內容為王。內容為王是門戶網站的思路。如馬朵的中國黃頁一樣，或許沒有太讓普通網民喜歡的內容，卻有讓專業人士感興趣的東西，為商家提供了一個商業資訊交流的平臺，也一樣獲得了成功，是創意為王。也許在以後，和門戶網站並行的許多專業網站，會出現訂購衣服、電影票或是餐點的網站，只要做得好，贏得認可，也是成功。創意為王是類型網站的思路，當然，我所提的類型網站的說法或許不太準確，反正大概意思你們明白就行了。」

「那麼在互聯網時代，什麼又是技術為王呢？」

崔涵薇的思路被商深和藍襪帶動，也拓展了寬度，以前她覺得除了做門戶網站之外，似乎別的網站都沒有出路，聽商深這麼一說，有豁然開朗之感，心中隱隱埋怨商深還對她隱瞞了許多想法。

「在互聯網出現之前，軟體不夠普及，但隨著互聯網普及後，尤其是網速提高，網費下降，讓軟體下載不是難事，這樣會讓許多編寫軟體的高手爭相將自己寫的軟體放到網上提供下載；同時為了提高普及率，會紛紛採取免費的策略，也會比拼誰的軟體更好用，更有創意，這就是互聯網時代的技術為王思路。」

商深說到此處，朝王松點點頭，王松會意，拿出一張軟碟遞給商深。

「這就是施得公司成立後推出的第一個軟體——電腦管理大師！」

商深朝崔涵薇和藍襪揚了揚手中的軟體，「不要小瞧這個軟體，如果裝到電腦裡，可以幫你做許多你忘了做或是懶得做的事。」

王松順勢打開電腦，將軟碟插進主機，點擊了安裝。安裝的速度很快，一分鐘後就安裝完畢了。桌面上多出了一個方方正正的圖案，字體也很方正，六個字：電腦管理大師。

崔涵薇和藍襪早就知道商深一直在編寫一個可以管理電腦各項功能的軟體，也體驗過測試版，還提出了一些修改意見。後來商深沒再給她們最終版，她們還以為正式版的推出還需要一段時間，沒想到不知道什麼時候商深已經完成了最終版本，她們對視一眼，興趣大起。

商深見包括王松在內，幾人都圍了上來，微微一笑，打開了軟體。軟體的啟動介面簡潔大方，上面最醒目的位置秀出了「北京施得電腦系統有限公司」的字樣，下面還有一行小字，是商深的名字。

軟體操作介面美觀實用，幾個功能鍵的位置也很醒目，非常方便操作。

商深一邊演示功能，一邊說道：「平常我們使用電腦最大的困惑是什麼？就是時間一長，電腦裡面的垃圾檔案越來越多，佔用空間越來越大，導致啟動和運行速度越來越慢，許多軟體卸載之後還會佔用空間，電腦使用的記錄無意中也透露了自己的隱私，但大部分用戶不會查看開機啟動項目裡都有哪些軟體隨機啟動，也不知道要怎麼清理使用的記錄和垃圾檔，所以『電腦管理大師』的目的，就是一劍在手，天下我有。」

「哧……」崔涵薇被商深的比喻逗笑了，「軟體就軟體吧，還一劍在手呢，武俠小說看多了吧？」

「劍是兵器之王，以輕靈多變取勝，用劍來比喻電腦管理大師最恰當不過了。」商深卻一臉認真，打開軟體的第一個功能——啟動項目管理，示意道：「看，啟動項目裡面有好幾個不需要啟動的東西，這樣會拖慢啟動速度。其實很多軟體只需要在使用的時候啟動就可以，不需要隨機啟動。但許多使用者不知道，因為有些軟體安裝的時候會強制隨機啟動，所以，為了改善這個問題，有必要將那些不常用的軟體取消隨機啟動。比如這個繪圖軟體，還有這個看圖軟體等等，都可以取消隨機啟動。」

商深操作完畢，重新啟動電腦，崔涵薇和藍襪驚喜地發現，電腦的啟動速度確實比之前快了不少，啟動後的運行速度也快了許多，不由連連點頭：「果然好用。」

「下面我們演示一下它清理垃圾的驚人成效。垃圾檔分兩種，軟體垃圾和系統垃圾，軟體垃圾是軟體使用過程中產生的，系統垃圾是系統運行時製造出來的。電腦剛使用時，幾乎沒有什麼垃圾，一旦使用時間久了，垃圾檔便會堆積如山，不但佔用空間，還會影響電腦的正常使用和壽命，人體垃圾尚且需要清理，何況電腦？」

商深點擊了「清理垃圾」的選項，軟體開始執行，不一會兒便顯示出一堆的垃圾檔。

「這台電腦使用的時間不長，裝的軟體也不多，就已經這麼多垃圾檔了，現在清理使用記錄，看這裡……」

商深手法俐落地操作著電腦，畫面立刻跑出曾經打開過的每一個檔案名，以及用過的軟體和上過的網站，一目了然。

「是不是覺得很可怕？在電腦面前，你沒有任何隱私可言。」

崔涵薇驚訝地捂住嘴，原來電腦忠實地記錄了她的每一次操作，每動一次滑鼠就記錄在案，就如一個人時刻在背後窺探你的隱私，你的一舉一動他都無聲無息地為你記上一筆，多可怕啊。

還好，崔涵薇暗暗慶幸她沒有上什麼不該上的網站，否則在商深這個電腦高手面前，就如當年在深圳酒店裡躍出浴缸時未著寸縷一樣，被他一眼看穿。

怎麼一下想到了這個？崔涵薇驀然臉紅了。真是不應該，現在是上班時間，思想不能走私，她輕輕一擰自己的右手，強迫自己恢復正常。

藍襪疑惑地看了崔涵薇一眼，不明白剛剛崔涵薇還好好的，怎麼一轉眼就心跳加快、臉色緋紅了？辦公室的暖氣雖然很足，但也不至於熱到臉上飛紅的地步，難道是她思春了？也不對，現在距離春天還有幾個月的光景。

藍襪想不明白，索性不想了，心思又落到商深的軟體操作上。

平心而論，對商深，藍襪是有幾分好感，但僅限於好感，還沒有上升到喜歡的高度。但好感是合作的基礎，如果她討厭這個人，就算她借錢給崔涵薇，也不會入股，更不會和商深共事。

藍襪的性格是先看人品後看能力，能力不足，後天可補；人品不行，一無是處，她不會和人品差的人有任何形式的合作，哪怕再有前景再賺錢，她也不稀罕。

經過這段時間的接觸，藍襪完全認可了商深的為人，她以前總以為商深是一個技術型人才，覺得商深可能只是個電腦高手罷了，並沒有管理方面的才能。不料越瞭解，她越發現商深確實是個巨大的寶藏，越開採寶貝越多，商深不但有電腦上的天賦，在管理理念和為人處世上也有獨到之處，完全可算是全方位的人才。

藍襪一直認為，一個人不可能各方面都傑出，只要有一個出類拔萃的地方就行了，當然，相比在某方面特別突出的人，她更欣賞一個各方面表現均衡的人。好比一個學生，數學考滿分國語卻不及格，再是數學天才，也只是個瘸腿將軍。

如果一個人，數學不是第一，國語不是第一，英語不是第一，但總成績第一，那麼在大浪淘沙的歷史進程中，他會笑到最後，成為最後的勝利者。藍襪相信商深就是一個總成績第一的人。

商深沒有注意到身邊兩位美女心思各異的情緒波動，全神貫注地操作著軟體：「輕輕一點，就可以清理全部使用記錄，是不是很方便？這麼好的一個全功能軟體，不要一百八，不要十八，甚至不要八塊，完全免費，還不趕緊下載？」

「哈哈……」王松被商深的話逗樂了，沒想到商深還有推銷的天賦，「商總，推廣方案已經做好了，請您和崔總過目。」

「好，下面我們討論一下推廣方案。」商深拿過方案，隨意翻了翻。

「討論之前，我有一個問題想問一下。」藍襪笑吟吟地舉起手，像學生提問一樣，「請問商老師，辛辛苦苦做出來的軟體，免費提供下載，怎麼贏利？難道做白工？」

「贏利問題……」商深憨厚地笑笑說：「我暫時還沒有考慮過。」

「啊？」藍襪驚詫道：「不是吧，你不考慮贏利，是覺得公司的投資都是大風刮來的？公司不贏利的話，頂多一年半載就倒閉了，你到時喝西北風嗎？」

「保守估計，一年半左右的時間，電腦管理大師軟體就會在市場上做出口碑，到時會有慧眼識珠的公司來收購，根據市佔率，我樂觀估計收購金額至少會有一億人民幣。」商深自信地說。

「一億？」藍襪睜大了眼睛，不敢相信商深的話。投資三百萬，一年半後，好吧，就算兩年後是一億，這也是逆天的報酬率，是不可想像的天文數字。

「你的話太誇大了吧？」

「和ＩＣＱ、hotmail的成功相比，我們的軟體只能算是很小的成功。」商深對未來無限看好，「我相信我的電腦管理大師軟體的思路，到目前為止，在國內是無人想到的創意。」

藍襪不說話了，雙臂抱肩，一隻手托住下巴，若有所思地想了會兒，質疑道：「假設你的想法成立，有資方看中了我們的軟體，願意花鉅資買下，那麼問題是，對方買來後，怎麼利用軟體贏利？資方也不是傻子，買回去後，肯定會想方設法收回成本的。」

「資本的出發點都是為贏利，這一點不用爭論，但贏利的方式和時間長短不同，比如微軟收購hotmail，收購後，hotmail本身也不會為微軟帶來任何直接的利潤，不過卻可以為微軟完善想要架構的整個生態圈，hotmail是必不可缺的一環，所以即使價格很高，微軟也要不惜血本買下。巨頭考慮贏利的方式和我們不一樣，我們需要的是短期收益，是直接的現金，巨頭考慮的是長遠的市場佔有率和佈局，等有一天我們不缺資金，不缺市場佔有率時，才會有足夠的高度開始考慮佈局。」

商深為藍襪解釋，也是在為崔涵薇和王松解釋。

崔涵薇聽明白了商深的概念，不過還是隱隱擔心：「馬朵的中國黃頁還好說，可以直接從企業收錢，門戶網站的贏利點又在哪裡？還有馬化龍的ＯＩＣＱ呢？難道和我們的電腦管理大師一樣，只能靠賣掉賺錢？」

「門戶網站的贏利方式有兩種，一是上市，二是廣告收入。從短期看，中國黃頁或許見效快，但從長遠來說，黃頁一類的網站不管是上市還是廣告收入，應該都不如門戶網站有前景，畢竟門戶網站更有包容性，也更有人氣和人流。至於ＯＩＣＱ最好的前景就是和ＩＣＱ一樣，被巨頭收購，否則贏利前景並不明朗。我和化龍、向西聊過，他們的意思也是想走ＩＣＱ之路。我們的電腦管理大師也是一樣，要麼賣掉，要麼等市場規模擴大到一定程度時，融資或是上市。」

商深隱隱覺得他的思路還沒有完全打開，似乎除了賣掉和融資上市這兩條路，還另有贏利點，只是他目前還發現不了亮點在哪裡。

一九九八年時，不只是中國互聯網才剛剛開始進入群雄四起的角逐期，在全球也是如此，此時還是微軟一統天下之時，蘋果還沒有崛起，谷歌還沒有誕生，臉書更是聞所未聞，三大互聯網巨頭一個也沒有出現，還有許多日後叱吒風雲的互聯網公司，此時連影子都沒有。

誰也不是未卜先知的神仙，不知道在現在看來猶如光速一樣的寬頻速度，在不久的將來也許被稱之為蝸速。互聯網的出現，將人類以前的發展速度全盤推翻，以讓人想像不到的速度顛覆過去幾千年的發展模式，以驚人之勢將人類社會的發展推向一個全新的高峰。

如果將人類社會幾千年的發展濃縮成一個小時的話，前五十九分鐘幾乎是原地踏步，只有最後一分鐘突然加速，就如前面五十九分是步行，最後一分鐘坐上汽車。而在一分鐘的最後幾秒鐘，人類又換乘了高鐵，最後幾秒所飛奔的路程，超過之前五十九分的漫長歷程。

最後這幾秒到底會有什麼樣的巨變，除非經歷過後回頭再看時才會知道，但不管是不是可以預知時代的方向，商深等人已經置身於時代的洪流之中，和許多跟不上時代脈搏甚至排斥時代潮流的人相比，優秀並且目光敏銳多了。

隨後，幾人又討論一下推廣方案，眼見到了吃飯時間。

今天是公司第一天營運，是個值得紀念的日子，商深提議請全體員工一起吃飯。崔涵薇欣然同意。一行數十人浩浩蕩蕩，包下樓下一個飯店的餐廳，在歡樂的氣氛中，商深和所有員工共同舉杯，預祝公司未來鵬程萬里。

一周後，最終定稿的電腦管理大師正式上線。上線後一小時，下載量卻寥寥無幾，遠遠低於商深的預期。

到底是哪裡不對？商深坐在寬敞明亮的辦公室裡微皺眉頭，思索問題的癥結所在。

誠然，網速過慢、網費過高是一個因素，網民下載軟體會首先考慮流量問題，流量一超過，高額的上網費用讓人承受不起，所以即使再喜歡某個軟體，也會三思後行，錢包問題畢竟是最大的考量。怎麼辦呢？

微軟自帶的流覽器雖然有下載功能，但如果一次下載不完，下一次再下載還得重新開始。現在網費大多是按照流量收費，上網的人都會計算一下今天的流量有沒有超標，如果沒有，明天就可以多上一會兒網。

是不是可以寫一款下載軟體，支援中斷續傳功能？今天下載一部分，明天再接著下載，後天再繼續，以螞蟻搬家的精神一點點下載自己喜歡的軟體，這樣既可以有效地控制流量，又可以在不超出流量範圍的情況下下載喜愛的軟體，不至於因為軟體過大而導致不去下載。

對！商深腦中靈光乍現，編寫一個下載軟體的念頭在他腦中形成，也越來越強烈，讓他無法壓抑興奮，當即打開電腦，寫下第一行代碼。

大多數時候，誰也不知道歷史因何而改變，也許是一次談話，也許是一次飯局，又也許就是在你打開電腦寫下文字或是代碼的一瞬間。商深並不知道，在他敲擊下第一行代碼時，一個奇蹟就此誕生了。

既然要螞蟻搬家的精神，商深決定先為自己的下載軟體起名為「螞蟻搬家」。

他是一個想到做到的人，埋頭苦幹了一個月時間，總算有些眉目了，準備先測試一下的時候，春節到了。

春節要回家過年，商深謝絕了文盛西非要挽留他在北京過年的盛情回家了。畢業後，他一直東奔西走，還沒有好好在家待過一陣子，雖說父母身體都還不錯，父母也說如果他沒有要緊的事，不用非回家看望他們，只管好好工作就行了，但商深一直覺得有愧於父母，於是早早收拾好行李，準備返鄉過年。

經過四五個小時的路程，商深終於回到闊別半年之久的家中。

本來崔涵薇讓他開車回去，他卻堅持坐車就好，一是開車路程太遠，二是他不願過分張揚，畢竟崔涵薇為他配的車是一輛三十多萬的車，在公司剛剛成立之初還沒有做出任何成績的情況下，就開著豪車招搖過市，不是他的性格。

小鎮寧靜依舊，正是黃昏時分，炊煙裊裊的鄉村在夕陽的掩映下，呈現溫馨的景象。

商深站在門前的小河邊上，看著結冰的河水和河岸上枯黃的野草在風中搖曳，忽然有一種悵然若失的感覺。

時代的進步會帶來生活習慣的改變和觀念的顛覆，讓記憶中許多令人回味的事從此成為永遠的回憶。比如以前點著蠟燭講故事的寧靜夜晚，現在都被光怪陸離、五光十色的聲光效果所替代，那些過往一家人圍坐在一起聊天的其樂融融的場景，也被大家目光只盯著電視或是各自抱著手機、電腦上網所改變。

然而有得就有失，人生就是一道必須選擇的選擇題，不給你留有不選擇的餘地。就如他和范衛衛，轉眼已經分開大半年時間了，她依然是音訊全無，或許在范衛衛的心目中，他真的已經被徹底地打入了冷宮。

# 第四章

# 無盡遺憾

到底是他在感情上面太遲鈍，
還是他太在意自己的主觀世界而忽視了外界的一切？
其實他對甜甜是有感覺的，只不過當時年少無知，
只一心想功成名之後再談論其他，
卻不知道帶給她如此大的傷害，留下無盡的遺憾。

走過石橋，來到家門前。方正的小院依舊，大門還貼了一幅春聯。看字跡，明顯是父親的手筆。商深暗暗一笑，輕推門，門應聲而開。

「汪汪！」一條半人多高的白狗搖頭擺尾地撲了過來，一頭扎進商深的懷中。

迎接他的，是一條通體白色的老狗小白。小白其實已經是老白了，十歲的狗齡，相當於六十歲的老人了。

商深抱住老白，感受到老白的親熱，心中十分溫暖。

「誰呀？」

聽到老白叫聲的父母聞聲出門，見院中多了一人，長身而立，雖風塵僕僕卻也神采奕奕，正是半年未見的兒子。

「回來啦。」

商深的父親商鶴羽滿頭白髮，乍一看頗有世外高人的風範，仿如一個隱居鄉下的隱士。

和父親同齡的母親李文玉則顯得年輕多了，一頭黑髮，臉色紅潤，一看就是個賢慧的女人。看長相，商深還真和她有幾分相似之處。

「爸，媽，我回來了。」商深心中湧動著親情，向前一步，來到爸媽面前，「你們身體還好嗎？」

「好，好，一切都好，回來就好。」商鶴羽抱住商深的肩膀，上下打量兒子，「還好，沒怎麼瘦。」

李文玉依然靜靜地站在原地，一臉微笑地看著兒子。

商深見二老精神不錯，心裡踏實許多，隨二老進了房間。房間的佈置很簡單，就是北方農村一般人家的格局，正中是一張八仙桌，兩側各一把太師椅，上有對聯一副。右首是個土炕，炕上有被子和箱子，還有一個爐灶。爐上一把鋁壺正發出吱吱的聲響。

「爸，媽，房子可以翻修一下，我看有些地方都裂開了，多危險。」牆上有些斑駁的地方露出了牆皮，甚至還有裂縫，商深不無擔心地說道：「也比以前濕冷了許多，再住下去，會得風濕病的。」

「你在北京還沒有房子，以後還要娶媳婦，這些都要花錢，爸媽老了，不需要住那麼好的房子，就不折騰了。」

商鶴羽站起身，從抽屜裡翻出一本存摺，拿出老花眼鏡戴上，數了數上面的數字，連數三遍才確認無誤。「爸媽沒什麼本事，掙不了多少錢，一輩子就存了五萬塊，你在北京需要錢，都拿上。如果不夠的話，爸媽也沒辦法再幫你，只能靠你自己了。」

「兒子，你一個人在北京，人生地不熟的，又無親無故，肯定很為難。不過人生一開始總是很艱難，挺過去就好了。」李文玉也開導商深，「媽媽相信你一定能在北京闖出一片天地。」

商深從儀表廠辭職的事，一開始爸爸很惱火，差點急得上北京找商深，看能不能讓商深再回儀表廠上班，卻被李文玉勸住了。在李文玉的勸說下，商鶴羽慢慢接受了商深打破鐵飯碗，自己闖蕩的事實。

雖然他也認為好男兒應該志在四方，不過總覺得商深還小，還沒有準備好就貿然下海，萬一嗆著了淹著了怎麼辦？

後來他也想通了，如果等學會了游泳再下海，也許機會就失去了，一邊下海一邊學習游泳，或許才是最好的選擇。畢竟時代不同了，聽說還有什麼互聯網，這已經不是他的眼界所能達到的高度。

後來商深打電話回來，說是手中有一萬塊想匯回家裡時，商鶴羽才欣慰地笑了，才多久時間不到，兒子就賺到一萬塊，太厲害了，如果還在儀表廠工作，別說一萬，連一千塊都賺不到呢。

人生果然是投入越大，收穫才越大，安穩的工作雖然好，但一眼就看到未來，或者說，未來和今天一樣，沒有什麼區別。人活著，如果一眼就可以看到明天的樣子，那還有什麼意思？

現在他基本上認同了兒子的選擇，一代人有一代人的活法，放手讓下一代去走自己的路，是為人父母者最聰明理智的決定。

商深沒接爸爸的存摺，輕輕推了回去：「不用，我還年輕，結婚的事也先不考慮。說不定等我結婚的時候，自己就賺到了結婚的錢。」

「那不行。」商鶴羽堅定地推了回去，臉一沉，「你賺到結婚的錢是你自己的本事，爸媽給你錢，是爸媽的本分。拿著！」

商深知道爸爸的脾氣，在許多事情上他很是固執，而且觀念很傳統，認為父母為兒子蓋房子娶媳婦是必盡的責任，其實在商深看來，父母把他養大成人就已經完成了任務，以後他再怎樣發展便是憑他的本事，不能再依靠父母了。

不過他還是接過了存摺，收了起來：「謝謝爸媽。」

「還沒吃飯吧？時間不早了，開飯。」

見商深收起存摺，商鶴羽才露出一絲笑容，招呼李文玉開飯，「兒子最愛吃的包子蒸好了吧？趁熱端上來，快點，別涼了。」

「涼不了，做飯的事還用你操心？你就操心兒子的婚姻大事就行了。」

李文玉嗔怪地白了老伴一眼，一掀門簾，轉身往廚房去了。

鄉下房子的格局，一般正房是坐北朝南的，廚房是西房或北房，廚房裡面做好飯菜，要穿過院子才能端到正房。

「兒子，有對象了沒有？」

李文玉一走，商鶴羽立刻換了一副笑咪咪的表情，好奇地問道：「我上次聽十三說，你交了一個女朋友叫范衛衛，說她是深圳人，深圳也太遠了，她能跟你留在北京嗎？」

提起范衛衛，商深就不免心思浮動，原來葉十三和家裡說了他和范衛衛的事，他本來還打算隱瞞的。

「我和她……已經分手了。」

「分手了？」

商鶴羽從葉十三口中得知范衛衛是大戶人家的女兒，長得又漂亮，心裡就有幾分不安，他認為兒子還是該找個門當戶對的女孩比較好，出身太好，從小嬌生慣養的女孩太難侍候，娶回來當姑奶奶，太委屈兒子了。

「嗯。」商深點頭，不願意多提此事。

「分手了好。」商鶴羽語重心長地道：「人家是大戶人家的女兒，和你身分差距太大，就算勉強在一起，也過不到一塊兒，不如早早分手。兒子，不是爸爸說你，做人要踏實，不管是對事業還是婚姻都一樣。再找，就找個小戶人家的好姑娘，別再找那種人家的女孩了，和咱們的身分不般配。」

商深順從地點了點頭，心裡卻想，他是和范衛衛分手了，但是現在身邊卻有一個出身和范衛衛不相上下，甚至更勝一籌的崔涵薇，如果爸爸知道了，不知道會不會也反對他和崔涵薇在一起？

不過好像他和崔涵薇還沒有在一起?!……算了，不想了，大過年的，想崔涵薇做什麼，他和她目前只是事業上的合作夥伴。

吃過晚飯，商深到外面散步，吹著微涼清新的空氣，頭腦清醒了許多。

他不知不覺走到葉十三家的門口，若是平常，商深二話不說就推門而進，他和葉十三太熟了，小時候經常在葉十三家裡吃飯睡覺，親如兄弟。現在卻形同陌路，不由又傷感起來。

他正要轉身離去時，門卻吱啞一聲開了，人影一閃，葉十三走了出來。

「我就知道你喜歡飯後散步，這個時間差不多正好走到我家門口。一起走走，我有話和你說。」葉十三不容商深考慮，一把拉上商深。

「我剛才見到甜甜了。她完全變了個人一樣，我都認不出她了，黑眼影，大捲髮，長筒靴，雖然打扮得很新潮，不過總給人一種風塵味的感覺，哎，當年那個清純爛漫的甜甜哪裡去了？」

葉十三開口第一句話提及的是讓商深想不到的一個人。甜甜在商深的記憶中只是一個模糊的影子，他都快記不清她長什麼模樣了，小時候他喜歡和甜甜一起玩，但也只是兒時的玩伴而已，如今事過境遷，他已經遺忘了許多事。

「甜甜？」商深愣了愣，努力回想著她當年清純瘦弱的模樣，「她還好嗎？」

「不好，很不好。」葉十三的神情在濃重的夜色中如寒冰一樣陰冷，直直盯著商深的眼睛，「對甜甜，你難道沒有一點愧疚之心？」

「什麼意思？」商深不明白葉十三為什麼突如其來冒出這樣一句話。

「什麼意思?!」葉十三質問，「商深，你太會裝了吧？居然還有臉問是什麼意思，甜甜落到今天的地步，還不是因為你！她是被你害的！」

商深一臉愕然，他什麼時候害甜甜了？他既沒有和甜甜談戀愛，更沒有對她始亂終棄，甚至連她做什麼都沒有留意，他怎麼就害甜甜淪落風塵了?!

「你這話是什麼意思？怎麼又是我的錯了？」

「就是你的錯！」葉十三咬牙切齒，「商深，你知道我恨你什麼嗎？明明你做下的錯事，你卻總是一臉無辜的表情，好像真的和你無關一樣，你太能裝了，太假了！」

商深完全被葉十三說迷糊了，不過隱隱抓住了一點兒什麼：「十三，你是不是一直喜歡甜甜，然後誤會我害了甜甜，所以才一直對我懷恨在心？」

「我是喜歡甜甜不假，你害了甜甜也是真，我沒有誤會你！你就是讓甜甜成為風塵女子的罪魁禍首！」

葉十三狠狠地一拳打在一棵樹上，他的手被打掉一層皮，滲出鮮血，渾然不覺。

「甜甜一直喜歡你，在她的愛情裡，你就是她的全世界。她也一直以為她是你的全世界，結果後來她才發現，山盟海誓到了最後全都會變，在你的心裡，根本沒有她的位置。上高中後，她以為你會向她表白，從小到大，她的眼裡只有你，沒有我，結果你不但沒有，更完全忽視她的存在，一次又一次拒絕她的邀請。她在極度傷心失望之下，才自暴自棄，不再以考上大學為目標，自甘墮落。其實我知道她的良苦用心，不過是想引起你的注意罷了。」葉十三忿忿說道。

商深驚出了一身的冷汗，怎麼會這樣？他和甜甜青梅竹馬不假，但到初中後，他和她就很少再在一起玩耍了，因為他立志要考上北京的大學，要飛出小鎮，要成就一番事業，對情竇初開的甜甜各種方式的示愛，壓根就沒有注意。

如果他當初給甜甜一個暗示，比如說和她相約在北京的大學相聚，也許甜甜就會發奮圖強，只可惜，當時在他的世界裡，大學是唯一的太陽，完全容不下別的星光，包括愛情。

「結果你沒有給她一個眼神、一句話的暗示，她徹底對你死心後就沉淪了。當時我一直勸她不要因為一片樹葉而放棄整個森林，她沒有了你，還可以有我，你猜她怎麼說？」葉十三的眼睛在黑暗中發出幽幽的光芒，十分嚇人。

「她……怎麼說？」商深感覺身子一軟，幾乎要虛脫了。

他靠在樹上，原來發生了這麼多他不知道的事情，原來甜甜的墮落是因為他對她的忽視，原來葉十三對他莫名其妙的恨來自於甜甜，一切的一切都讓他的大腦飛速旋轉，卻又理不出一個頭緒。

到底是他在感情上面太遲鈍，還是他太在意自己的主觀世界而忽視了外界的一切？不管怎麼樣，他想起知道甜甜淪落風塵後心情鬱悶大醉一場的往事，隱隱察覺到了什麼——其實他對甜甜是有感覺的，只不過當時年少無知，只一心想功成名之後再談論其他，卻不知道帶給她如此大的傷害，留下無盡的遺憾。

「她說，你是她生命中第一個也是最後一個愛過的人，除你之外，其他人在她眼中，都不過是過客。」葉十三雙拳齊出打在樹上，「商深，你罪孽深重，你欠甜甜一輩子的心安理得！」

商深呆了半晌，大腦一片空白，忽然清醒過來，一把抓住葉十三：「甜甜在哪裡？我要見她！」

「她走了……」葉十三悲愴地搖了搖頭，「她不想再見到你，只讓我轉告你一句話。」

商深不知道該怎麼形容自己的心情，他不是痛心錯過和甜甜的感情，而是錯失了拯救她的良機，如果當年他早些察覺，只需要他一個承諾，或許甜甜的人生之路就會改寫。

但人生沒有回頭路可走，甜甜如果當初再明確一些，也許就不會有今天的局面。可惜的是，一切都無可挽回了。更讓他心痛的是，甜甜即使得不到他的回應，也不必非要拿自己的青春賭明天，非要做出極端的事啊。

「她說，如果時光可以重來，她不會再做這樣的傻事了，不值，真的不值。有時候你認為做出的天大的犧牲，在不在意你的人的眼裡，根本就不值分文！」

葉十三轉述了甜甜的話，他的眼中湧出了淚水，「商深，你知不知道，在甜甜墮落的一刻起，我就發誓，以後一定要幫她討還公道。甜甜太傻了，而你，太狠心了。」

商深不是狠心，是壓根不知道發生的一切。

「如果可能，請替我轉告她，我想鄭重地對她說，對不起！我不是有意忽視她，而是不知道她的心意，我真的不知情，如果你不說，我現在都不知道到底發生了什麼。」

商深聲淚俱下，為甜甜惋惜並且懊惱不已。

「裝吧，繼續裝啊！」

葉十三鄙夷地看了商深一眼，他最痛恨商深明明做出了許多罪大惡極的事，卻還裝作毫不知情的樣子。

「我不信你對甜甜沒有一點感覺，更不信你不知道甜甜這麼做是為了你！商深，我看不起你！你不但遺棄甜甜在先，又騙了范衛衛的感情，轉眼將范衛衛拋到腦後，現在又和崔涵薇打得火熱，商深，你真是一個薄情寡倖之人！」葉十三不留情地批評道。

商深清醒了幾分，忽然想明白了一件事：「十三，你先是因為甜甜對我耿耿於懷，然後又因為崔涵薇而對我恨之入骨，對不對？」

「對！」葉十三直截了當地回答了商深，絲毫不掩飾他的恨意，「我就是恨你，恨你一再奪走了我的所有。」

「你為什麼不從另外一個角度想一想，以前甜甜喜歡的是我，而你喜歡甜甜，現在，崔涵薇喜歡的是我，而你又喜歡崔涵薇，在愛情的追逐中，我從來不是主動和你爭奪的一方，相反，是你想從我手中搶走甜甜和崔涵薇，十三，你不覺得從頭到尾都是你自尋煩惱嗎？」商深冷靜客觀地分析道，「說到底，是你一直在搶我的女人，你覺得你做得對嗎？」

「你還怪起我來了？」葉十三跳了起來，揮拳就要打商深，「你太無恥太沒有底限了，居然在害了甜甜之後，還若無其事地說出這樣的話來，你還是人嗎？」

商深一動不動，任憑葉十三的拳頭落在他的胸膛上。

「我承認甜甜的事我有責任，以後我自會向甜甜彌補，但現在討論的問題是我們究竟誰是誰非，你不要轉移話題。」商深直視葉十三，「到底是我搶你的女朋友，還是你一直想搶我的女朋友？」

葉十三心虛了，商深的話不無道理，他一直站在自己的立場考慮問題，卻沒有換位思考一下，說到底，也確實是他喜歡的女孩都不喜歡他，反而都喜歡商深，是他始終想搶商深的女朋友才對。

只不過他不會承認是他的錯，他用力一推商深：「商深，你不要避重就輕，回答我的問題，你到底有沒有對甜甜有過一絲的愧疚之心？」

商深當然對甜甜有愧疚，不是一絲，而是深深的愧疚，只不過他愧疚的對象是甜甜，不是葉十三，他沒有必要對葉十三說個清楚，葉十三的所作所為讓他對他十幾年的發小情誼逐漸消耗殆盡。

「再見！」

商深沒有回答葉十三的問題，甜甜的事讓他心情格外沉重，不想再和葉十三糾纏下去，轉身要走。

「等一下。」葉十三攔住了商深的去路，「有件事你有必要知道……」

商深站住，目光越過葉十三的頭頂仰望星空，沒有城市燈光的污染，鄉下的星空美麗如畫，繁星點點，猶如夢境。只不過隨著遠去的童年，越來越遠去了當年的童真，就如他和葉十三的友情，慢慢地摻入了太多的雜質。

「黃廣寬和朱石還在打崔涵薇的主意。」

想了想，葉十三決定還是對商深如實相告，雖然崔涵薇不喜歡他，他卻深深地喜歡崔涵薇，喜歡一個人就要讓她快樂開心，他不允許崔涵薇受到半點傷害。

「他們上次來北京，就是元旦那次，以一輛寶馬為交換條件，讓畢京替他們約出崔涵薇和徐一莫任何一個，畢京當著我的面沒敢答應，不過我知道，畢京一定會答應黃廣寬，因為畢京太喜歡寶馬了。還有，黃廣寬上次來北京還和崔涵柏私下見面，聽他的口氣，崔涵柏和他關係還非常密切，保持著頻繁的接觸，一點也沒有因為上次的事對他有芥蒂。所以請你轉告崔涵薇，讓她提防畢京之外，還要提防她的哥哥崔涵柏，小心崔涵柏一不小心就賣了她。」

「崔涵柏鬥不過黃廣寬，黃廣寬陰險狡猾，心眼太多，他很能揣摩別人的心思。崔涵柏因為求勝心切，被黃廣寬唬得團團轉，以為黃廣寬真的有通天的手段，他對黃廣寬一直抱有幻想，他的心思被黃廣寬摸得一清二楚。」

葉十三接著又道。

雖然他很嫉妒商深，但崔涵薇在商深身邊總比被黃廣寬算計了要強一百倍，像黃廣寬這樣的人渣流氓，即便只碰崔涵薇一根手指也會讓他覺得無比噁心。既然他保護不了心儀的女人，就讓商深保護她好了。

「謝謝！」商深衝葉十三點了點頭。

對葉十三的勸告，他並沒太放在心上，他覺得葉十三對崔涵薇的關心之中夾雜了太多的私心，別說他不想接受他的施捨，相信就連崔涵薇也不會對葉十三假以顏色。

「你聽我把話說完。」見商深沒有聽進去他的話，葉十三一把拉住商深，態度強硬地說道：「如果你保護不好崔涵薇，我和你沒完！」

「不關你的事。」商深一把甩開葉十三，「你還是管好你自己吧，想想怎樣才能撫平杜子清的傷痕再說，你傷她太深了。」

「還有一件事……」葉十三沒有接商深的話，目光中閃動冷峻之意，「我和伊童合開了一家互聯網公司，辦公地點就在你們誠鑄大廈的對面。商深，過完年後，我會正式向馬朵提出辭呈，然後全力以赴投入到互聯網中，說不定以後我們還會狹路相逢，成為競爭對手。」

商深心中一驚，伊童和葉十三合開公司的事，他還真不知情，也沒聽崔涵薇說過，估計崔涵薇也不得而知。不過又一想，互聯網是個無邊無際的世界，大到足夠容納許多人的夢想，未必葉十三和伊童合辦公司就一定與他和崔涵薇的公司正面相遇。

「恭喜你，十三，祝你成功。」商深扔下一句話，揚長而去，不理會身後葉十三的雙眼在夜幕之下閃爍著森森寒光。

夜色如水，漫步在小鎮的街頭，四下空無一人，遠處偶爾傳來幾聲狗吠和貓叫，還有孩子的哭聲，商深心緒難平，腦中不停地閃現甜甜的一顰一笑和絕望的背影，正如一首詩所寫，此情可待成追憶，只是當時已惘然。

如果有可能，他希望親見甜甜一面，讓他對她說聲對不起，希望她原諒他對她的忽視，並且勸她不要再執迷不悟下去了。

也不知道范衛衛現在怎麼樣了？過年了，她應該回來了，商深拿出手機，翻到范衛衛的電話號碼，按下撥出鍵，片刻後傳來語音：您撥打的號碼是空號。

不知何故，商深總覺得范衛衛不會取消她的手機號碼，而他的手機號碼依然是當初她給他選的號碼，一直沒變。

對於葉十三和伊童也創辦一家公司的消息，商深只是在最初震驚之後，很快就恢復了平靜。現在正是互聯網浪潮洶湧之時，各種公司雨後春筍一般應運而生，葉十三投身其中不足為奇，也不必放在心上。

雖然商深也知道伊童和崔涵薇的不和，他卻認為生意不是鬥氣，各自發展就好，誰走得更快更長遠，憑的是自己本事，並不一定非要踩著對方上位才是成功。

抬頭仰望明月，雖然不是圓月，卻也格外皎潔，商深一時情緒湧現，發了一個簡訊給范衛衛：「海上生明月，天涯共此時。情人怨遙夜，竟夕起相思。」

回到家，爸媽已經睡下了，商深回到自己的房間，輾轉反側，迷糊了半天，睜眼一看快十一點了，還是沒有絲毫睡意。索性披衣坐起，拿起一本書翻看了起來。

才看了一頁，手機忽然響了。難道是范衛衛來電？一看來電號碼，是崔涵薇。

這麼晚了，崔涵薇還打電話來，難道出了什麼變故不成？商深想起葉十三的提醒，心中一驚，忙接聽電話。

# 第五章

# 商戰天下

范衛衛回國了，和范衛衛同時回國的還有代俊偉。

伴隨著范衛衛和代俊偉的回歸，中國互聯網即將迎來新一輪的風暴，

將由群雄四起的紛爭時期進入戰國七雄的春秋爭霸階段！

中國互聯網風起雲湧，大戰一觸即發！

「喂，涵薇，這麼晚打來電話，出什麼事了？」

「商深，你在哪裡？」話筒另一端的崔涵薇聲音平靜淡定，「沒出什麼事呀，只是想給你打個電話。」

「我在家呢。」商深放心了，笑道：「這麼晚不睡覺，是不是又和徐一莫她們出去玩了？」

「沒有，我老老實實在家待著呢，那麼冷，出去玩什麼?!呵呵……」笑了一氣，崔涵薇又說，「對了，上次你說你家房子年久失修，想幫老人修修，這不過年了，要不要修一下？」

「他們不想修，怕花錢。等開春了再說吧，到時他們不想修也由不得他們了，我找好了人直接過來修。」

商深很納悶崔涵薇大半夜打來電話，突然問起家裡修房子的事，不由大為不解，「你不好好想想公司的發展方向，怎麼總想一些雞毛蒜皮的小事啊？」

「你的事就不是小事。」崔涵薇沉吟了一下，「還有，過完節後，你來我家裡一趟，我爸媽想見見你。」

「見我？幹什麼？」商深立刻提高了警覺。

「看把你嚇的，真沒出息。」崔涵薇笑道：「爸爸用了你的管理大師，對你的軟體讚不絕口，就想見見你。還有，哥哥也說想和你合作一個項目，反正到時你過來就行了，又不會吃了你。」

既然提到了崔涵柏，商深覺得有必要提醒一下崔涵薇：「涵薇，你要小心你哥哥，他私下一直和黃廣寬保持聯繫，也許你哥不會存心出賣你，但萬一他被黃廣寬算計，無意中出賣了你也不一定。」

「不會的，你放心好了，哥哥雖然有時做事情急躁了些，求勝心切，又有過於輕信別人的毛病，但他對我還是很在意的，不會讓任何人染指他的寶貝妹妹。這是他的原則，也是他的底限。」

崔涵薇對崔涵柏很有信心，從小到大，哥哥對她視如掌上明珠，雖然哥哥比她才大幾個小時，卻常拿出大哥風範，對她愛護有加。

商深不好再說什麼，說多了似乎有挑撥離間他們兄妹關係之嫌，而且他也相信崔涵柏應該不至於傻到非要出賣自己親妹妹的地步，何況說起來，崔家並不缺錢。

「好吧，你自己多保重，晚安。」商深睏意襲來，想要睡了。

「等下，我還有話要說……」崔涵薇遲疑了一下，「爸爸說，互聯網是一個泡沫，早晚會破滅，我本來對未來充滿了信心，可是我們的管理大師軟體雖然好，下載量卻很小，你說下一步該怎麼辦才好？」

「不急，春節過後，我會有新的舉措，到時你就知道了。」商深並沒有告訴崔涵薇他的螞蟻搬家已經接近完成，年後就可以問世。

「什麼新的舉措，快說，讓我高興高興。」崔涵薇不想被蒙在鼓裡。

「不說了，要睡了。」商深打了個大大的哈欠，不由分說掛斷了電話。

不是他有意隱瞞崔涵薇，而是他想做到萬無一失之時再告訴她，他不想讓她再多操心。技術也好，市場也好，由他來承擔就好，崔涵薇只需要負責公司營運就行了。男人應該比女人承擔更多的責任和壓力，這是身為男人必須要有的擔當。

美美地睡了一覺，天一亮，商深精神抖擻地起床後，沿著小鎮跑了一圈，回家的時候，路上遇到了許多熟人，都熱情地跟他打著招呼。

到了家門口，發現圍了一群人，都是街坊鄰居，也不知道出了什麼事，聚在一起說個不停。

見商深回來，眼尖的鎮東頭老光棍張華尖叫一聲：「商深回來了，快來當面問問他。」人群嘩啦一聲就將商深圍在了中間。

商深不好意思地撓了撓頭：「大爺大嬸，你們有什麼事嗎？」

「小深子，二爺問你，你有對象了沒？」

「豁二爺，您可真操心。」商深呵呵一笑，沒有直接回答豁二爺的問題。

「你和十三都是我看著長大的孩子，我不操心你們操心誰？十三比你帥氣，他能找到女朋友不稀奇，聽說他找的是個北京的姑娘，我看了相片，可俊了，跟仙女一樣。你什麼時候也找個仙女讓我開開眼？」豁二爺熱心地問。

原來是葉十三向鎮上鄉親炫耀了女友，商深暗暗一笑，也不知道葉十三展示的是誰的照片，杜子清還是別人？葉十三也真有意思，和杜子清分手後，明明是單身，卻拿照片出來炫耀，也不知道是出於什麼心理。

又一想，也是，鎮上就他和葉十三是大學生，是許多人嘴裡好孩子的代表，自然會被人關注的多一些。

不過相距三公里的小鎮上也同時出了兩名轟動一時的人物，一個叫夏想，一個叫關允。

夏想和關允也是從小一起長大的發小，就和商深和葉十三一樣。二人和商深、葉十三年齡相仿，回家過年的時候，每人都帶了一個漂亮的女朋友回來，引起了轟動和圍觀。

本鎮人更對自己鎮上的商深和葉十三大感興趣，而且還有一種要比過夏想和關允的念頭。葉十三便拿出了杜子清的照片。

「我還沒有女朋友，所以沒有照片。」商深身上還真沒有任何一個女孩子的照片，不管是范衛衛還是崔涵薇，他都沒有她們的照片。是他沒有向她們要過，而她們也沒有主動給過。

「怎麼會？」胖二娘不相信商深的話，「你肯定有女朋友，是不想讓我們看是吧？讓我翻翻，你身上肯定有照片。」

商深想躲開，卻被胖二娘的肥手一把抓住，話說一半，胖二娘卻真從他身上翻出一張照片，看了一眼，驚呼出聲：「哎呀，小深子不老實，明明有女朋友還說沒有？你看你和你女朋友的親密樣子，嘖嘖嘖，真是讓人羨慕。你女朋友真漂亮，跟朵花似的，人和人怎麼差距就這麼大呢？我是現在胖了，要是以前，也能和你女朋友比一比……」

還真有一張照片？商深也迷糊了，他和范衛衛沒有合過影，照片上的人是誰呢？一想，忽然恍然大悟，是他和崔涵薇在飛機上的合影。

上次他從徐一莫手中搶過這張照片後，本想撕掉，後來一忙就忘了，一直帶在身上。後來一次無意中翻到，再想撕又猶豫了，覺得沒有必要欲蓋彌彰，他和崔涵薇本來沒有什麼，難道非要用撕掉合影來證明清白？何況范衛衛又不相信他，因而就保留了下來。沒想到居然被胖二娘當眾翻了出來，也是讓人無語。

胖二娘晃動手中的照片，人群一哄而上，紛紛圍觀。照片傳來傳去，響起羨慕聲一片。

「仙女！」

「美女！」

「好看，真好看！」

「照片還我！」商深擔心照片被眾人弄髒弄壞，朝人群大喊一聲。

「想要照片沒問題，告訴我們她叫什麼名字，是什麼人家的閨女。」胖二娘別看胖，動作卻敏捷，照片拿在手裡，就是不還給商深。

商深只好靦腆的一笑，趁胖二娘愣神的工夫，一把從她手中搶回了照片。

「她不是我女朋友，只是一個普通朋友，各位大爺大娘都散了吧，回家吃飯帶孩子多好，別鬧了。」

收起照片的商深，就要逃之夭夭。偏偏衣服被胖二娘抓住了。

胖二娘哈哈一笑：「想跑？沒那麼容易，不老實交代她是誰，你別想逃過我的魔爪。」

別說，胖二娘的胖手還真是魔爪，商深被她抓住，想要掙脫卻是不能，正拉扯時，忽然不遠處傳來一陣轟隆隆的聲音，乍一聽，聲如雷霆，彷彿地震一般，伴隨著地動山搖的聲勢，嚇得眾人驚慌失措，紛紛回頭張望。

一看之下，更是驚呆了。不遠處，有四五輛工程車浩浩蕩蕩一字排開，正朝人群開來。當前一車，是輛推土機，後面有混凝土攪拌車等。工程車的後面，還有一輛吉普車。

出什麼事啦？眾人震驚過後，紛紛讓開一條路，讓車隊通過。

工程車的頭車停了下來，從上面跳下了一個中年男人，一臉笑容：「各位鄉親，請問商深家在哪裡？」

「這裡就是商深家。」

胖二娘哪裡還顧得上再和商深糾纏，她驚嚇得幾乎失去了思考能力，結結巴巴地道：「你、你們是誰？幹嘛要找商深？是不是他欠了你們的錢，你們來拆他家房子了？不行，我可告訴你們，如果你們敢拆商深家的房子，我們鎮上的老少和你們沒完。」

「怎麼會拆房子？你想太多了。」中年男人呵呵一笑，朗聲道：「我們是來幫商深家修補房子的，麻煩鄉親們讓一下，我們的工程車要過去。還有，誰有時間都可以過來幫忙，工錢一天按十塊錢算。」

「一天十塊？我沒聽錯吧？」

豁二爺嚇了一跳，他養了一群羊，一個月的收入才一百塊，已經算是村裡人人羨慕的高收入人才了，為此他還頗為沾沾自喜，自認放羊比種地比上班強，很有高人一等的驕傲感。

沒想到，幫商深家修補房子一天能賺十塊錢，這這這……這也太豪爽了，如果一下去十幾二十個人，不等於一天要支出好幾百元了？

我的乖乖，一天幾百，幾天下來就是幾千元呢，豁二爺嚇得話都說不出來了，再看商深時的眼神，幾乎就是仰望加崇拜了。

商深也驚呆了，事情太突然，他完全不知道發生了什麼事：「你們是誰？我家裡沒說要修房子呀？」

「你是商深？」中年男人愣了愣，熱情地遞上一支菸，「商總你好，我叫梁學，是受崔總所託，來為您的房子做修補工作。」

「崔總？」

商深想明白了什麼，不由無奈一笑。

「修補一個平房而已，用不著這麼興師動眾。這樣吧，你們先回去，我和崔總說一聲。」

他都跟崔涵薇說過了，不用她幫忙她非不聽，而且弄得這麼聲勢浩大，太不符合他低調的做人風格。

「和我說什麼？」

一個清脆的聲音響起，人群一閃，笑意盈盈的崔涵薇現身在商深面前，她一身白色羽絨衣，腳上長筒靴，頭上馬尾辮，當前一站，亭亭玉立如出水芙蓉，宛若天仙下凡。

「哇……」人群一陣歡呼，躁動起來，一湧而上就要圍觀崔涵薇。

崔涵薇嚇了一跳，沒想到鄉親們如此熱情，驚嚇之下，雙手抓住商深的胳膊，躲到了商深身後。

胖二娘打量了崔涵薇幾眼，忽然驚叫一聲：「啊，她就是照片上的姑娘嘛，你還說你沒有女朋友，這不，女朋友都找上門了，你還怎麼說？你是不是騙了人家，人家興師問罪來了？」

不料崔涵薇卻嘻嘻一笑，抱緊了商深的胳膊：「大娘，你說對了，他騙了我感情，想逃跑，我才不會放過他，就追了過來。大娘、大爺，你們可要為我做主，你們說，能不能放過商深？」

「不能！」豁二爺第一個跳了出來，「小深子，你要是敢對不起這位姑娘，二爺我第一個不饒你。」

「二娘我第二個不饒你！」胖二娘也跟著添亂。

眾人一片申討聲響起。

主要是崔涵薇長得太漂亮，而且她一旦放下她高傲的偽裝，換上親切和藹的笑容，非常有親和力，許多人第一眼就會喜歡上她。就連商深也不得不佩服崔涵薇天生的表演才能，簡直太有才了，他還從來沒見過崔涵薇還有這種鼓動老人的才華。

商深眼見群情激奮，他雖然有主場優勢，但還是不敵崔涵薇的魅力，只好認輸：「好，好，我不會對不起她，也不敢對不起她，這總行了吧。」

「好！」人群爆發出潮水一般的歡呼。

在歡呼聲中，崔涵薇粉面嬌艷如花，洋溢著幸福和滿足的神情，她緊緊抱住商深的肩膀，依偎在商深的身旁，甜蜜就如花一樣在心中瀰漫開來。

兒子一早就出去跑步，對已經習慣兒子早起運動的商鶴羽和李文玉來說並沒多想，以為兒子和往常一樣跑完步就會回來了。

不料左等右等不見商深回來，兩人以為商深出了什麼意外，就出來看個究竟。一推開門嚇了一跳，門外不知何時擠滿黑壓壓的人群，人群外，還有幾輛只在大城市見過的工程車，人群吵吵鬧鬧亂成一團，好像出了什麼大事。

怎麼了這是?商鶴羽老實一輩子，從來沒有見過這麼大的場面，又驚又嚇，看到人群中的商深，二人忙分開人群來到商深面前。

「兒子，怎麼了？」商鶴羽一把拉住商深的手，「都圍在咱家門口幹什麼呢？」

李文玉卻比商鶴羽鎮靜，她一眼就注意到緊抱商深胳膊的崔涵薇，暗中打量了崔涵薇幾眼，不管是相貌還是氣質都深合她心，再看到崔涵薇依偎在商深身邊的甜蜜和幸福，心裡就明白了幾分。

「沒事，是崔總叫來的工程車，想幫我們修房子。」梁學解釋道。

商深暗暗瞪了崔涵薇一眼，對崔涵薇先斬後奏微有不滿，不過在不滿中，卻又有一絲的幸福，畢竟崔涵薇也是出於一番好意。

「崔總？」

商鶴羽的目光在崔涵薇身後微一停留，落在中年男人的身上。

「商伯伯，我叫崔涵薇，您就叫我薇薇吧。我是商深的好朋友，也是他的合作夥伴，聽他說家裡的房子年久失修，您二老住著不安全，就找來工程車想幫您二老修補一下，希望沒有打擾您過年。」

崔涵薇非常有禮貌地向二老致意，她明媚如朝陽的笑容讓人感覺心生歡喜。

「不打擾，不打擾。」商鶴羽連忙擺手，笑得合不攏嘴，「歡迎還來不及呢，快進屋坐，外面冷。」

話一出口，商鶴羽才覺得哪裡不對，人家來幫他修補房子，他一點兒也不客氣，太不當崔涵薇是外人了，現在他也看出了端倪，哦，薇薇對兒子有意思，似乎是兒子的……女朋友？

在商鶴羽和崔涵薇說話的工夫，李文玉招呼一眾鄉親，說了幾句話後，人群陸續散去，只剩下幾個好事者還想親眼見見工程車怎樣幫商家修補房子。

崔涵薇跟在商深身後，隨商深父母一起進入商家的院子，心裡既忐忑不安又滿心甜蜜。她以為她的冒險之舉會引來商深的不滿，還好，商深只是有些許不滿，並沒有對她的大張旗鼓生氣，一顆心落到了肚子裡。

而她之所以冒著惹怒商深的風險，出動工程車來為商家修房子，其實並不是她的主意，而是徐一莫突發奇想的念頭。徐一莫再三和她強調，就和女人喜歡浪漫一樣，男人骨子裡的不安分和追求刺激的天性讓他們喜歡有冒險精神的女人，而有創意的冒險更會讓他們為之迷戀不已。

正是由於徐一莫的理論得到了崔涵薇的認可，當徐一莫提出不如來場突襲，主動幫商家修補房子，一來可以贏得商深父母的好感，二來可以坐實她和商深的關係，三來也會讓商深感受到她對他的在意和用心，一舉數得。崔涵薇立即動心了，只思索片刻就做出了決定，當即拿起電話調動了工程車，日夜兼程趕往商深的老家。

事後，崔涵薇對她此舉暗自慶幸，此事不但是商深對她態度大變，正式接受她的一個關鍵的轉折點，而且也讓商深父母對她留下了不可抹滅的深刻印象，認可她是商家媳婦的一個重要事件。

在商家短暫停留之後，崔涵薇用她的吉普車接上商深的父母和商深，直奔省城石家莊而去。在她的勸說下，商深和商深父母同意了和她去省城過年的提議，好騰出空間讓工程車修補房子。

等商深和父母一行被崔涵薇接走後，推土機立即出動，一舉推倒商家的大門，隨後工程車進入商家的院子開始作業。

到底是現代化機械，對付高樓大廈都不成問題，何況是一個小小的平房，只一天時間，商家的圍牆就煥然一新，全部推倒重建完畢。

三天後，商家房屋修葺一新，而且上面還加蓋了一層，成了二層小樓，氣勢非凡，同時連院子也平整了一番，鋪上青磚路面。放眼望去，乾淨、整潔、氣派，別說鎮長家不能與之相比，放在全縣也是數一數二的氣派。

許多人都對商家羨慕不已，說是商家出了一個商深，不比夏家的夏想和關家的關允遜色。也有人嫉妒商家，背地裡說了許多壞話，說商深的錢肯定是坑蒙拐騙來的。

在這些嫉妒的人中，葉十三是最強烈卻又表現得最不明顯的一個。他從來不在人前說商家和商深的任何壞話，卻在暗中恨得咬牙切齒，對商深如此大張旗鼓地動作很是不以為然，認為商深是故意做給他看的。

鎮上的人就喜歡比較，尤其是他和商深自然而然總會被人放在一起對比。每當有人問起商深的事時，葉十三表面上笑著應對，說他沒有商深有福氣，沒有一個有錢的女朋友，心中卻是痛恨商深的虛偽，借女人上位，拿女人的錢為自己臉上貼金，算什麼男人?!

話雖這麼說，葉十三心裡卻隱隱期待，如果伊童如崔涵薇一樣，也給他一個大大的驚喜，他會不會激動得無以復加，從此對伊童言聽計從？

此事一時在鎮上乃至全縣傳為美談，商深的大名也一夜之間傳遍，成為縣裡口耳相傳的愛情事業雙重豐收的偶像級人物。其實商深自知，他的愛情和事業都還沒有落在實處，還處在懸空的狀態。

崔涵薇帶商深及商深父母在省城石家莊住了幾天，幾天來，陪商深父母玩遍了省城，同時和商深父母建立了密切的關係。春節後，她又親自送二老回鎮上。見到煥然一新的家，商鶴羽和李文玉幾乎不敢相信自己的眼睛！

在聽說新家花費巨資後，商鶴羽和李文玉心中既心疼又感慨，趕緊打電話給兒子，囑咐他要好好珍惜崔涵薇，並且警告商深，這麼好的女孩如果辜負了她，他們絕饒不了他。

商深現在才知道崔涵薇的聰明和厲害，採取了迂迴政策，先讓爸媽認可了她，他如果不接受她，或是對她不好，不用她出面，爸媽就會主動收拾他了。

一著不慎竟然被崔涵薇算計了，商深深感無奈，無奈之餘，卻也知道在崔涵薇的小小聰明裡，滿滿的都是對他的愛意。想起她為他所做的一切，他的一顆心終於在和范衛衛分手將近一年之後，慢慢地向崔涵薇傾斜了。

春節過後，商深回到北京，投入到緊張的工作之中。感情上有了進展是好事，但事業上有所突破，也是他的努力方向。

如果說一九九七年是中國互聯網元年的話，那麼一九九八年則是中國互聯網奠定基礎的一年，也是至關重要的一年。不管是對中國的改革開放還是對互聯網來說，這一年都是不平凡的一年。

互聯網作為一種全新的力量，以不可擋之勢出現了，一旦出現，就迸發了勃勃生機。

互聯網不僅是一種技術力量，更是一種文化力量、精神力量，在不知不覺中改變著我們對世界的定義和認知。

一九九八年一月，連邦軟體開始在福州進行網上軟體銷售試驗，此站被評為福建十大最佳網站之一，並在Windows98中文版發布中，首次成功採用網上預定方式。此舉可視為是為後來風靡一時的電子商務網站八八四八的萌芽。

一九九八年二月，愛特信公司推出中國人自己的搜尋引擎，正式更名網站為「索狸」，模仿雅虎模式，走門戶網站之路，索狸一舉成名，並且由此奠定了身為三大門戶網站之一的基礎。四月，索狸獲得了第二筆風險投資，從此索狸的發展進入了快車道。

互聯網初期，網民面對這個網路的海洋無從下手，因此就需要有專門網站來進行引導，成為網民進入互聯網的門戶，這便是最初的門戶網站的含義。門戶網站使商業互聯網的全球化成為現實。美國雅虎可說是公認的門戶網站的鼻祖，在一九九四年四月，雅虎推出門戶網的雛形。

與此同時，人在廣州的向落也開始著手改變絡容的命運。一九九八年二月，中國第一個全中文介面的免費郵件系統在絡容誕生，容量三十萬。出乎很多人意料的是，網民對這種互聯網上的「房子」表現出極大的熱情，紛紛進駐，新註冊用戶量以每天兩千人的速度遞增，僅半年時間內註冊用戶高達三十萬。

此時各大公司紛紛致電向落，要購買絡容免費郵件系統。經過一番接觸，向落最終答應將中文免費郵箱系統以不到一百萬人民幣的價格出售給廣州電信。是為絡容的第一桶金。

然而向落的野心並不僅限於此，很快，絡容又推出了第一個中文個人主頁服務系統。當年五月，絡容始料未及地成為中文互聯網第一網站。在CNNIC的年度最佳網站排名中，絡容排到了第一名。

隨後，絡容一發不可收拾，接下來是一連串的創舉：第一家中文全文檢索，第一個不限容量、免費的網路相冊，第一個免費電子賀卡站，第一個網上虛擬社區，第一個網上拍賣平臺，當然，還有後來第一個成功營運的自主研發的國產網路遊戲。

絡容獲得了巨大的成功，很快，華爾街的投資商排隊前來拜訪向落，要求向絡容投資。絡容度過了資金短缺期，開始進入了飛速發展的膨脹期。

但實際上，此時的絡容本質上還不是門戶網站的思路，也沒有具備成為三大門戶網站之一的潛力，改變絡容未來命運契機的，是向落思想觀念的轉變。

在一九九八年六月之前，向落根本沒重視過網路門戶網站的概念。然而一天，一個國外網路門戶站點的CEO告訴向落，他們一個月的廣告收入高達廿五萬美元！向落猛然驚醒，才意識到網路廣告在將來可能會成為網站最有前途、也是最主要的的收入。

從此之後，向落改變思路，將絡容的首頁改版成門戶網站，結果心想事成，絡容改版後不到一個月，訪問量激增。

隨著絡容的飛速發展，向落意識到偏安於廣州一隅，是無法適應互聯網浪潮更大衝擊的，絡容應該北上，在北京落戶。這個想法，徹底改變了絡容未來的發展方向，也奠定絡容躍升為三大門戶網站之一的江湖地位。

一九九八年三月，第九屆全國人代會批准成立資訊產業部，主管全國電子資訊產品製造業、通信業和軟體業，推進國民經濟和社會服務資訊化，它也成為中國互聯網產業的主管。

九八年六月，由於瀛海威公司持續虧損，後續資金極度匱乏且負債嚴重，董事會和管理方爆發了衝突，最後鬥爭的結果是總裁出局。

一九九八年九月十五日，索狸再次改版，正式宣布要做中國第一網站。

九月廿二日，絡容也跟進，全面改版，朝中文網路門戶方向邁出堅定的第一步。

十月二十日，原八達利方論壇改為「八達在線」，宣布推出網路門戶站點，隨後，十二月宣布正式推出醞釀已久的興潮網。至此，日後叱吒風雲的三大門戶網站全部以昂然之姿出現在世人眼中。

一九九八年十月，索狸網開通八個月後，美國《時代週刊》「年度風雲人物評選活動」將王陽朝評為「五十位全球數字英雄」之一，名列第四十五位。

同年十一月，馬化龍在深圳成立深圳企鵝電腦系統有限公司。

總之，後來在互聯網領域呼風喚雨的幾大網站，在這一年紛紛陸續亮相，登上歷史舞臺，自此拉開互聯網進入人民日常生活的序幕。

然而，在興盛之外必有衰敗，一九九八年十一月，除了總經理以外的瀛海威中高級管理人員集體辭職，是日恰值北京的流星雨之夜，故稱為「流星雨夜大逃亡」，身為互聯網鼻祖的瀛海威從此退出了歷史舞臺。

當時，上網還是一個高端消費行為，每小時需要花八元的上網費和四元的電話費，但即使這樣，絲毫沒有減弱互聯網對人們的吸引力。

從九七年的互聯網元年開始，經過一年的醞釀，九八年作為中國互聯網真正興起的一年，世界開始在人們的眼中發生了變化。

在這一年互聯網浪潮洶湧澎湃之時，商深依然只是朵小小的浪花，淹沒在互聯網的大潮中，別說有一閃而過的光芒了，甚至連片刻躍上潮頭的機會都沒有。但來得早不如來得巧，在中國互聯網第一次浪潮來臨之時，商深明顯落後了一步，但他並沒有放棄努力，依然在努力追趕之中。

一九九八年六月，商深正式推出電腦管理大師軟體二點零版以及下載軟體螞蟻搬家一點零版。同時，葉十三和伊童的網站也正式上線。讓所有人意外的是，葉十三和伊童的網址既不是門戶網站，也不是專業的類型網站，而是一家提供上網服務的中文上網網站。

網站一經推出就立刻大受歡迎，就連商深也為之嘆服——伊童和葉十三的創意走到了所有人的前面！

然而商深怎麼也想不到的是，他的電腦管理大師軟體會和葉十三的中文上網網站狹路相逢，發生了一場遭遇戰！

六月，和商深闊別將近一年之久的范衛衛回國了，和范衛衛同時回國的還有代俊偉。

伴隨著范衛衛和代俊偉的回歸，中國互聯網即將迎來新一輪的風暴，將由群雄四起的紛爭時期進入戰國七雄的春秋爭霸階段！

中國互聯網風起雲湧，大戰一觸即發！

一九九八年七月，盛夏的北京，驕陽似火。

站在熱浪滾滾的中關村大街，商深手搭涼篷朝遠處張望，遠處除了車水馬龍和如潮水一般的人流之外，就是路面幾乎要被曬化之後蒸騰的陽焰。

只是，商深要等的人並沒有出現。

「來，別傻站著了，先坐下喝瓶水，給你。」

徐一莫猶如夏天熱情的陽光，遞給商深一瓶汽水。剛從冰箱拿出來的汽水，瓶身上泛著一層水珠，宣告著清涼的口感。

商深接過汽水一飲而盡，然後一抹嘴巴，嘿嘿一笑：「真舒服。」

一身短裙打扮的徐一莫，健美的長腿裸露在外，在陽光下顯出咄咄逼人的青春氣息，近乎完美的體型讓每個路人都為之駐足三秒。等他們羨慕的目光再落到徐一莫的上半身時，S曲線的身材更是讓人呼吸都為之一窒。

如果說妖艷的女人是尤物的話，那麼健美的女人就是禮物，是上天精心設計送給男人的禮物。只不過像徐一莫一樣完美的禮物太少了，只有極少數男人才有機會幸運地遇上；可以擁有徐一莫的男人，可說是極少數中的超級幸運兒了。

或許徐一莫不如崔涵薇第一眼驚艷，也不如范衛衛第一眼清純，甚至不如杜子清第一眼亮麗，但不管是崔涵薇還是范衛衛、杜子清，都不如徐一莫渾身上下洋溢的青春氣息讓人沉迷。

可以說，崔涵薇端莊卻失之於高貴，讓人有敬而遠之之心；范衛衛明媚卻失之於活潑，讓人雖然動心卻不是怦然心動；杜子清脫俗卻失之於清秀，讓人歡喜卻難有親近之想。徐一莫則不同，她恰到好處地綜合了三人的優點，最難得的是，她將三人的優點巧妙地融為一身卻又不著痕跡，更有一種清水出芙蓉、天然去雕飾的自然之美。

換句話說，徐一莫的美，就如一朵含苞待放的蘭花，遠不見其美，近不聞其香，然而卻又無時無刻不被蘭花不動聲色的天地之美感染。

相處久了，商深也深深地喜歡上了徐一莫，不但喜歡她的言談舉止，也喜歡她的性格和一切。當然，只是朋友間單純而純潔的喜歡，沒有摻雜任何男女情感。

商深是一個對待感情非常認真的人，之前他有范衛衛時就不會接受崔涵薇，現在有了崔涵薇，就再也容不下其他人了。何況他和崔涵薇的感情一步步進展到瓜熟蒂落的地步，背後也有徐一莫莫大的功勞。

自從春節修補房屋事件後，商深和崔涵薇的感情便有了進一步發展。後來他才知道，原來崔涵薇之所以興師動眾要為他家翻修房子，竟是徐一莫的主意，鑒於此，他對徐一莫的好感更加深並多了些感激。

因為有了父母的介入，再加上父母非常認可崔涵薇，對崔涵薇滿意的無以復加，就連爸爸一直堅持讓他找個小戶人家女兒的想法，也因崔涵薇的乖巧表現而改變了主意。商深還能再堅持什麼？有一個對你好，對你父母更好的女朋友，不但漂亮而且還能幹，且出身大戶人家，對每一個男人來說，都是上輩子修來的福氣。

儘管商深知道，崔涵薇在父母面前的表現，不管是乖巧還是溫順，都只是她性格的一部分，在工作中和外人面前的崔涵薇，性格中強勢而高傲的一面有時會掩蓋她的溫柔，但每個人都是矛盾的綜合體，人前人後都會有不同的一面，難道他還要指責崔涵薇故意討好爸媽不成？很多時候他也會遷就別人來展現自己親和的一面，比如面對崔涵柏。

本來年後說好要去崔家一趟，見見崔明哲、史蕊夫婦和崔涵柏，結果因各種事情一直沒有成行，不是商深有事就是蘇明哲有事，拖來拖去就拖了幾個月，結果商深還是沒能邁進崔家的大門。

不過期間崔涵柏倒是來過公司，簡單地參觀了一番之後，對商深語重心長地交代了幾句：「既然是和薇薇合作事業，就認真做事，老實做人，不要胡思亂想，也不要對薇薇有什麼不安分的想法。你要記住一點，崔家可以提供一個支點讓你富貴，也可以釜底抽薪讓你一腳踩空，你不要妄想可以通過婚姻來改變人生，男人，還是要靠自己的雙手打下一番天地才是好漢，借女人上位的男人，早晚會摔得很慘。」

商深聽出崔涵柏的言外之意，既沒有辯解也沒有反駁，只是淡淡一笑：「我從來不會妄想通過婚姻來改變人生，也不會妄想和一些走私客有什麼交易，更不會和對自己妹妹圖謀不軌的混蛋交往。」

崔涵柏漲紅了臉，囁嚅半天才吐出一句話：「鼠目寸光！」

如果說商深是鼠目寸光，不用商深自己反駁，崔涵薇和徐一莫就會嗤之以鼻了，因為在她們眼中，沒有比商深再有眼光、目光再長遠的人了。

春節過後不久，商深就正式推出了「螞蟻搬家」下載軟體，比預料中更火爆的是，可以大大節省下載時間、節省流量的螞蟻搬家一經推出，下載量迅速攀升，只短短三天時間就超過了電腦管理大師前兩個月的下載總和。只一周時間就成為近期最受歡迎的軟體之一，受歡迎程度堪稱奇蹟。

商深的大名伴隨著軟體下載量的激增而名聲大振，一舉超過當年幫八達修復中文處理軟體時的盛名。

當時商深雖然名氣不小，卻只僅於北京一地，並且只在圈內流傳，現在軟體普及全國，知名度不可同日而語。

由於「螞蟻搬家」巨大的下載量，商深決定在第二版的「螞蟻搬家」軟體中增加對電腦管理大師軟體的推廣。

和商深所料的一樣，第二版的「螞蟻搬家」推出之後，由於增加了電腦管理大師的下載鏈接，電腦管理大師的下載量也激增起來。一個月後，各大網站的軟體下載排行榜上，「螞蟻搬家」名列第一，電腦管理大師名列第二，商深的大名傳遍了中國互聯網。

如果說「螞蟻搬家」的成功是得益於充分考慮到網速慢、網費高的現狀，是替網民著想，急他人所急，想他人之想的成功，那麼電腦管理大師的成功則是因為實用加便利，是口碑式的成功——經「螞蟻搬家」推廣後，很快在網民中掀起追捧的熱潮，眾人口耳相傳，都說電腦管理大師是電腦中必備的軟體之一，是清理電腦垃圾、管理電腦程式必不可少的實用軟體。

到六月份，電腦管理大師後來居上，下載量已經超過了「螞蟻搬家」，成為最熱門的軟體。商深的大名也因此被業內更多重量級人物所知，也被一百多萬名網民奉為不出手則已、一出手就驚天動地的「商大俠」。

許多對商深好奇者，以為商深是和王江民、張向西同齡的第一代程式員，將商深當成了個人英雄主義時代的孤膽英雄，以為商深至少是三四十歲「高齡」，卻不知道，商深只是一個初出校門的年輕人；而且商深也不是孤身一個人在戰鬥，軟體雖然是他一個人編寫，但背後卻有一個團隊在幫他推廣。

「螞蟻搬家」和電腦管理大師的同時成功，讓公司前景大好，一掃崔涵薇心中的陰晦，讓她整個人青春煥發，分外明媚和亮麗。雖然有幾家公司接觸崔涵薇，商討購買「螞蟻搬家」和電腦管理大師事宜，也有公司提出廣告形式的合作，想讓兩個軟體外帶自家公司的廣告，但都被商深拒絕了。

商深的態度是，現在整個互聯網的市場容量有限，網民的規模才百萬而已，等互聯網的容量進一步擴大之後，網民的規模達到千萬級乃至上億時，軟體的價值也會水漲船高，由現在的百萬元起上漲到千萬元甚至上億元。

崔涵薇認同商深的看法，反正目前公司資金又不緊缺，有充裕的本錢可以用來推廣市場。

公司啟動之初，雖是借用藍襪的錢，後來崔涵薇動用了自己的資金，沒有要爸爸和哥哥一分錢，償還了藍襪一部分，還剩下一百萬左右的餘款；藍襪見公司的發展勢頭良好，就提出暫時先不用歸還，如果需要的話，就當是她增資的費用。從目前來看，公司不但發展勢頭良好，流動資金也十分充足，一切步上良性發展的軌道。

## 第六章

# 網路新貴

互聯網興起後，不但在全球造就了大量億萬富翁，
在國內也製造了一批新的富豪，為了順應互聯網時代的發展，
有人為這些新興的富豪起了一個名字——新貴。
伴隨著互聯網崛起的新貴，和傳統富豪有明顯本質上的不同。

商深和崔涵薇的公司前景看好，葉十三和伊童的公司也有不小的動靜。先是伊童重金挖人，先後從八達、索狸高薪聘請了幾名程式員以及管理人員，杜子清也經不住伊童的勸說和高薪誘惑、從索狸辭職加入了眾合公司。

在杜子清的考慮中，除了高薪之外，心想還可以和葉十三經常在一起，或許還有破鏡重圓的可能。

葉十三也正式從馬朵的團隊辭職，全身心地投入到新公司的運作，擔任公司的副總經理——伊童是董事長兼總經理——杜子清被任命為營運部總監，負責營運和推廣，至於畢京，沒有擔任職務，也沒有任何股份。

畢京是在公司正式成立，並且公佈了管理層名單之後，才知道葉十三和杜子清都加盟了伊童的眾合公司。

杜子清的加入他還沒有什麼感覺，然而當他看到葉十三成為伊童的合夥人並且擔任公司的重要職務時，讓他心裡頗不舒服，有一種被出賣的羞辱感，感覺他被伊童和葉十三聯手欺騙了。

他無法接受葉十三和伊童聯手的事實，有一種被死黨劈腿的恥辱，儘管他知道葉十三喜歡崔涵薇。只是既然已成既定事實，畢京只好無奈地接受。

反正，他和葉十三走的是兩條不同的道路，也就不必在意葉十三是和伊童合作還是和別人了，隨便吧，只要能混出名堂，只要比商深強，一切都好說。

有一段時間沒有商深的消息了，眼見快要到了和商深的一年之約了，也不知道范衛衛是不是還會出現在他的生命裡？

現在的畢京，有足夠的自信打敗商深，因為經過前期的動盪和運作，配件廠現在已經步入了正軌，開始回收了。除了償還借貸之外，每個月結餘三萬多元；也就是說，到今年上半年，他雖然還不是百萬富翁，但手中有二十多萬的流動資金不在話下。相信商深怎麼也賺不到二十萬吧。

除了流動資金之外，他名下還有一輛寶馬三系汽車——沒錯，他賣掉了原來的桑塔納，又加了幾萬塊，從黃廣寬手中買來一輛走私的寶馬車，然後在伊童的幫助下順利上牌，如此，成為人人羨慕的寶馬車主。

只不過自認不管是流動資金還是不動產都力壓商深一頭的畢京，只要想起商深時，還是心中隱隱作痛，有一種無力感，因為不管是他喜歡的范衛衛還是葉十三喜歡的崔涵薇，兩大美女都不喜歡他們，都喜歡的是商深！

為什麼？憑什麼？商深有什麼魅力讓范衛衛和崔涵薇都喜歡？畢京無比

嫉妒商深的女人緣，美女都鍾情商深，不公平，沒天理！

好在范衛衛和商深分手了，多少讓他心理平衡一些。只是讓他在心理平衡之餘更加擔心的是，范衛衛還會回來嗎？如果和商深分手後，范衛衛從此消失在茫茫人海，豈不是說他和范衛衛再也沒有相見的可能，沒有半分機會贏得范衛衛的芳心了？果真如此的話，他如此努力，如此奮鬥，豈不是無人欣賞了？

畢京還沒有從微軟辭職，配件廠主要由父親畢工負責，並不需要他出面太多，他暫時還不想放棄微軟的工作，畢竟一個外企白領的身分可以很好地提升自己的品味，讓自己有高人一等的優越感。

別看商深和崔涵薇開了一家互聯網公司，說好聽是ＩＴ從業者，說難聽點，不就是ＩＴ民工嗎？互聯網的前景沒有想像中美好，商深早晚會栽一個大跟頭。

葉十三也是。儘管他是葉十三的好友，但畢京還是不看好葉十三和伊童的前景，覺得眾合公司的倒閉只是時間問題，在他看來，眾合公司的組成人員壓根就是一群烏合之眾。

即使商深推出的「螞蟻搬家」和電腦管理大師大獲成功，畢京依然對商深的明天持悲觀態度。同時，他還想方設法地阻止商深邁出成功的第一步——微軟大中華區的副總裁注意到了「螞蟻搬家」和電腦管理大師的成功，有意收購這兩款軟體。由於畢京在微軟中國總部也算是得力幹將的緣故，加上他更熟悉國情，副總裁不知道怎麼知道了他和商深認識，就找他談話，徵求他對微軟收購「螞蟻搬家」和電腦管理大師兩款軟體的可行性的看法。

結果畢京從三個方面列舉了收購兩款軟體的不可行，一，微軟作為一家大型跨國公司，沒必要在幾款可能只是曇花一現的軟體上投入過多精力。二，兩款軟體都是出自一人之手，對於注重集體主義精神的微軟來說，收購一款完全個人化的軟體，不符合微軟的企業理念。三，以後類似的軟體還會層出不窮，如果現在微軟收購了，以後再被同類的軟體超越，微軟會騎虎難下，到底是繼續開發以超越別人，還是扔到一邊束之高閣？

畢京的話起到了應有的作用，副總裁經過一番慎重的考慮後，打消了收購念頭。

商深對此一無所知，如果讓他知道微軟的副總裁曾經有意以千萬美元的高價收購他的兩款軟體，卻在關鍵時刻被畢京壞了好事，不知道他會不會對畢京恨之入骨？

「不會！」

如果讓商深回答的話，商深會認真而真誠地這麼回答。

一千萬美元的價格確實誘人，也確實讓人為之目眩，但商深不是一個目光短淺之人，他很清楚一點，微軟肯出到一千萬美元的高價，就說明在未來，他的兩款軟體可以創造一億美元的市場，任何收購都是建立在遠景盈利和佈局上，沒有任何資本家會投資一個沒有前景的項目。

當然了，現在商深對此毫不知情，也不就存在遺憾或是自我安慰了，他和徐一莫來中關村是為了和歷隊、文盛西見上一面，商談合作事宜。

在六月，文盛西成立了北西公司，雖然公司很小，依然只是中關村的一個小攤位，但櫃檯雖小卻阻擋不了文盛西嚮往更廣闊天地的野心。

歷隊還在銀峰軟體公司擔任總經理，但與此同時，他繼續和商深就七二四軟體的開發保持密切接觸，經過幾次修正和測試，七二四的前期工作已經接近尾聲，隨時都可以正式推向市場。

正好文盛西約商深來中關村一談，歷隊也來中關村辦事，商深就同時約了二人一起見面，共商大事。

徐一莫大學畢業後，到施得公司工作，擔任商深的助理，負責商深日常的工作安排以及各項事宜。

別說，徐一莫不但青春健美，人也幹練，會開車，而且電腦、英文以及各項技能樣樣精通，似乎沒有她不會的事；都說四肢發達的人通常頭腦簡單，徐一莫完全打破了這種偏見，動靜皆宜。

說好下午三點在「拐角遇到愛」咖啡館見面，不料三點十五分了，別說文盛西沒有現身，就連一向準時的歷隊也不見人影，商深坐在咖啡館外面樹蔭下的遮陽傘下等人，沒有在裡面享受涼爽的空調。

商深大口地喝著徐一莫為他從旁邊冷飲店買來的汽水。如果不是文盛西非要約在咖啡店，他寧可約在旁邊的冷飲店見面。

倒不是商深不喜歡喝咖啡，而是不習慣咖啡館裡面瀰漫的小資情調，在他看來，咖啡館裡營造的輕柔舒緩的氛圍，只適合談情說愛，不適合談論正事。也讓商深有昏昏欲睡之感，他更喜歡可以刺激神經以及感受到時代激情的地方。比如冷飲店。

冰涼的汽水讓他精神為之一振，儘管外面比裡面熱多了，雖然樹蔭和遮陽傘可以遮擋陽光，但抵擋不住滾滾的熱浪，商深依然紋絲不動，任憑額頭上滲出絲絲的汗水。

「幹嘛不進去坐？跟個傻子似的在外面流汗，真笨。」徐一莫拿出一張面紙遞給商深。

「夏天就是流汗的季節，人體只有保持正常的排汗才健康，天天在冷氣房裡待著，該排的汗都被冷氣逼了回去，時間久了，寒氣入體，會生病的。」商深講了一通大道理，呵呵一笑，又伸出了右手，「去，再來一瓶汽水。」

「汽水再好喝，也不能多喝。」徐一莫背著雙手，搖搖頭，「不許喝了。」

「好吧。」商深無奈地翻了翻白眼，笑道：「你到底是我的助理，還是我的管家婆啊？我怎麼感覺你管得比涵薇還多？拜託，徐一莫，你不要太超過哦，你要記住，我才是老闆，才是老總。」

「是，商總。」徐一莫才不怕商深，嘻嘻一笑，彎腰鞠躬，謙卑地說，「您辛苦了。」

上身穿著T恤的她，彎腰的時候沒有留意，胸前就走光了，渾圓結實的山峰被包裹在粉色的內衣中，有呼之欲出的美感，商深看了一眼，趕緊移開目光。

看看時間，三點半了，文盛西和歷隊還沒有影子，商深拿出手機想要催催二人，手機剛握在手裡，還沒有撥號，一抬頭，文盛西和歷隊倒是結伴出現了。

「你們要不來都不來，要來一起來，存心氣人是不是啊？」商深笑著收起手機，起身相迎，「是在外面喝汽水，還是到裡面喝咖啡？」

「去裡面，外面太吵太熱了。」

文盛西不由分說拉起商深進了咖啡館，由於走得過急，不小心撞在門框上，他嘿嘿一笑，自嘲道：「拐角遇到的原來不是愛，是撞牆。」

幾人哈哈大笑。

咖啡館的佈置很有浪漫情調，可惜四個人中，只有徐一莫一個女孩，而徐一莫又不是溫柔浪漫的類型，服務員看著四人一本正經的樣子，掩嘴而笑。

「小鈴小鐺，來四杯摩卡。」商深招呼雙胞胎姐妹服務員，二人一個叫蘇鈴，一個叫蘇鐺，常客都習慣稱呼她們為小鈴小鐺。

「好的，商哥。」

小鈴長得比小鐺稍微瘦削幾分，但是不仔細分辨看不出來，二人不但長相一模一樣，個子也一樣高，又故意穿一樣的衣服，許多前來的客人便以猜對誰是小鈴誰是小鐺為樂趣。也有人戲言：在拐角也許遇不到愛，但絕對可以遇到一對姐妹花。

商深常來這家咖啡店，由於他人長得英俊，又彬彬有禮，小鈴小鐺很快就記住了他。姐妹倆還私下猜測商深到底是哪家公司的老總，都認為商深肯定是互聯網新貴。

互聯網興起後，不但在全球造就了大量億萬富翁，在國內也製造了一批新的富豪，為了順應互聯網時代的發展，有人為這些新興的富豪起了一個名字——新貴。

伴隨著互聯網崛起的新貴，和傳統富豪有明顯本質上的不同，首先，互聯網新貴多半行事低調，不喜歡張揚，更不喜歡炫富；其次，平常的穿著或許就是一件幾十塊錢的T恤和牛仔褲，吃飯不挑剔，不講究捧場，更不鋪張浪費。

但網路新貴有和傳統富豪截然不同的消費觀念，比如都喜歡豪宅超跑，偶爾會戴價值不菲的好表，但不管有沒有好表，必有一輛豪車，甚至是數輛以上。

除此之外，他們或許不知道時下流行的精品品牌是什麼，但是他們的筆電、手機以及隨身的三C用品，一定是最新款。並且對手中數位產品的性能和各項數據倒背如流。

商深和小鈴小鐺見過的大多數網路新貴一樣，低調內斂，穿著休閒簡單，步伐匆匆，隨身總是帶著筆電，手機更是不離手，只要坐下就會給電腦、手機充電。

只不過兩人不知道商深是哪家大公司的CEO或是董事長，猜來猜去，最後得出一個自認為最接近真相的結論──商深是微軟或者HP等某家大型跨國公司的中層管理人員。

往常商深來咖啡店，必定會帶著筆電，在等人的空檔還可以繼續手頭的工作，今天因為要談事情，就只帶了手機。

小鈴小鐺送上四杯摩卡，嫣然一笑：「商哥，今天怎麼沒帶電腦？四個人要一樣的咖啡，你們的口味都一樣？真有意思。」

徐一莫白了小鈴小鐺一眼，雖然她對二人沒有偏見，卻不喜歡二人說話時眉來眼去的眼神：「我們還有事情要談，不叫你們，你們不用過來。」

「知道了。」小鈴小鐺也不生氣，微笑點頭，轉身款款離去。

文盛西回頭看了二人一眼：「商深，你才來幾次，怎麼就和小鈴小鐺這麼熟了？你還真想在這裡遇到真愛不成？」

歷隊含蓄地說：「商深比我們都帥，他不管走到哪裡，都是女孩子關注的焦點。所以，你不要羨慕，更不要嫉妒，有些男人天生有吸引女人的魅力，學都學不來。」

「說得太對了，商哥哥就是我的偶像，是我的男神。」

徐一莫沒大沒小的一抱商深的肩膀，絲毫沒有商深是老總、她是助理或秘書的覺悟，「男神，給我簽個名吧？」

商深一把推開徐一莫，瞪了她一眼：「放尊重點。」

徐一莫吐了吐舌頭，咯咯地笑了。

文盛西和歷隊對視一眼，二人也笑了。

「商深，你到底是和崔涵薇在談戀愛還是和徐一莫談戀愛啊？」文盛西心直口快，見徐一莫和商深關係親密，想到什麼就問了出口。

「當然是薇薇了，我是商深的哥們，和他只有朋友之義沒有男女之情，你不要想歪了，文哥！思想要健康，遇事要開朗，男人和女人之間就不能有純潔的友情了嗎？你太狹隘了。」

徐一莫義正詞嚴的樣子，好像文盛西剛才的話是對她莫大的侮辱一樣。

「好吧，你贏了。」

文盛西舉雙手投降，他最不善於和女人爭辯了，和賈小北分手後，他一直單身，也不想再談戀愛了，決定先以事業為重。

「不說男女關係了，男女關係是世界上最複雜的關係，男人應該以事業為主。事業有成，才有本錢談情說愛。」

話雖如此，文盛西在和賈小北分手後，還是將公司命名為北西公司，可見他對賈小北依然念念不忘。

「商深，看到你的發展勢頭良好，我很為你高興。我的公司現在還很弱小，也不知道哪一天才能發展壯大，和你的公司相比，已經不是一個等級了。」

文盛西微微感慨，想起剛認識商深的時候，商深還一文不名，才短短半年多時間，商深卻是業內赫赫有名的人物，他現在坐高鐵都趕不上了。

「不過三尺櫃檯雖小，我卻志存高遠，相信總有一天，我的北西連鎖店會開遍全國。」文盛西自我鼓勵道。

「你以後就一直走銷售的路線？」歷隊見話題轉移到正軌上，喝了口咖啡，「想做全國最大的電子產品連鎖店？類似『國美』那樣？」

成立於一九八七的國美電器，以經營各類家用電器為主，最開始在北京的第一家小店，還不到一百平米，然而從一九九三年開始得以迅猛發展。

一九九〇年，國美創新供銷模式，脫離中盤商，與上游廠家實施直供模式。一九九一年，國美率先創新在《北京晚報》刊登廣告，走出經營的傳統模式。

一九九二年，國美將所有店鋪統一命名為「國美電器」，形成中國最早的連鎖雛形。一九九六年，以長虹為首的國產家電崛起，國美由先前單純經營進口家電商品轉向經營國產、合資品牌家電商品，從此奠定國美在中國家電零售連鎖巨頭的基礎。

此時的文盛西別說和國美相比了，就連中關村內大多數比他櫃檯大上幾尺的代理商，他都遠遠不及。但他說起自己夢想時認真而嚴肅的神情，讓人絲毫不敢有置疑他的夢想過於遙遠。

夢想一定要有，萬一實現了呢？

「國美是我的目標，蘇寧也是。」文盛西喝了口咖啡，一臉的豪情壯志，「我的夢想是在全國開十幾家，不，幾十家連鎖店，讓北西的名字叫響全國，怎麼樣，商深，你支持不支持我？」

「支持。」商深含蓄地笑了，猜到了文盛西的用意，「要借多少？」

文盛西嘿嘿地笑說：「和聰明人說話就是省力，一點就透，上次你借了我五萬，我記在心裡，這次再借我五萬怎樣？以後我的連鎖店開遍全國，算你百分之十的股份，你的投資就等於有了一百倍一千倍的回報。」

商深呵呵一笑，翻出了身上的一張銀行卡：「裡面正好有五萬塊，是我的全部積蓄了，都給你。密碼是我的生日，你自己去取就行了。」

文盛西也不客氣，伸手接過銀行卡裝進了自己口袋：「好兄弟，你的情我記下了，以後有我翻身的一天時，一定不會忘了你雪中送炭的深情厚意！」

「聽到沒有，現在正是雪中送炭的大好時機，歷哥，你不投資文哥嗎？」徐一莫一拍歷隊的肩膀，好像她和歷隊很熟一樣。

歷隊笑了笑，含蓄地搖頭：「不了，有商深就足夠了，我的志向不在於此。我大一的時候借了一本書，叫《矽谷之火》，這本書對我的影響非常大，看完之後，激動得好幾天都沒睡好覺。《矽谷之火》講述的是賈伯斯這夥人在七〇年代末在矽谷創業的故事，故事非常振奮人心，看完之後，我就想我也要在中國辦一個世界級的企業。」

「現在呢？」徐一莫好奇地問道。

對於歷隊，她一直有一種說不出來的感覺，和文盛西咄咄逼人、微顯張揚的風格不同，歷隊沉穩而低調，在低調中，又有一種讓人琢磨不透的內涵，彷彿是一方潭水，幽靜而深遠。

「現在還在銀峰軟體公司……」歷隊慢條斯理地喝了口咖啡，「再過兩個月，我會被任命為銀峰公司的總經理，繼續完成自己應該完成的歷史使命，估計我在銀峰公司還得再幹十年以上。」

銀峰軟體公司是銀峰公司的合資子公司，由子公司的總經理轉任為總公司的總經理，相當於升遷了一步。不過話又說回來，歷隊就算身為總經理，也是打工者的身分，離他創辦一個世界級企業的夢想，還有相當遙遠的距離。

「再幹十年的話，你就快四十歲了，到時你再創業，會不會太晚了點？」

徐一莫有什麼說什麼，並不顧忌，主要也是她也知道歷隊的為人，不會在意她的大實話。

「磨刀不誤砍柴功，我相信在銀峰的經歷，會讓我學會許多東西。」歷隊朝商深點頭一笑，「如果不是商深的三六五軟體，我也許再也不會編寫程式了，前段時間發生了一件事，讓我差點從此告別編程生涯。」

「出什麼事啦？」商深驚問，原來他在重慶火鍋城隨手編寫的軟體，還拯救了歷隊對編程的熱愛。

「之前有一個技術支持人員入職銀峰，他被分派的第一份工作，就是幫我整理電腦硬碟，其實只是想讓他覆蓋式安裝一下操作系統，可是他過於熱情並且喜歡表現自己，將指示理解成格式化硬碟，重新安裝操作系統，並且重新安裝所有的軟體。我得承認，他很認真地完成了這些工作，然後邀功一樣興奮地向我交差。結果我打開一看，他把我辛苦多年積累下來的所有程式代碼全部格式化了！」

歷隊無奈地笑了笑：「我不知道是該憤怒還是無奈？罵他吧？他是在認真執行命令，只不過理解有誤。不罵他吧，我所有的辛苦就這樣付之東流了，實在很惱火。不過，有些事不知道是好是壞，事後我發現我再也無法像過去那樣時不時地檢視一番自己那些心愛的代碼了，因為沒有了牽絆，反而可以全身心地投入管理工作。我就想，如果說有十個人曾改變了我的人生軌跡的話，那麼其中就應該包括這位粗心大意的技術支援人員。」

「還有誰是其中的十分之一？」徐一莫聰敏的目光落在商深身上。

「你猜對了，就是商深。」歷隊伸手一拍商深的肩膀，「本來我對程式設計已經失去了信心，卻無意中在重慶火鍋城發現了他的三六五軟體，研究之後發現不但演算法很新穎，而且思路很奇特，在他的啟發下，我開發了七二四軟體。現在七二四軟體已經修定完畢，隨時可以推向市場。」

按照原先的設想，本來七二四軟體早就可以推向市場了，但本著精益求精的想法，歷隊一直在修復和完善，想做到完美之後再推出。商深也就沒有催促歷隊，他也認可歷隊做事情認真負責的態度。

「我聽說銀峰獎勵了你二十萬，你投到股市啦？」商深想起了剛剛聽到關於歷隊從股市神奇賺錢的傳說。

「你也聽到傳聞了？」歷隊謙虛地笑說，「是有這麼一回事，二十萬我扔到股市裡，很快就變成六十萬，我全部提了出來，花掉了。」

「啊，買房了還是買車啦？」徐一莫大感好奇，六十萬可不是小數目。

文盛西連連搖頭：「六十萬怎麼能說花就花了？繼續投資多好？你們這些職業經理人就是不懂創業的艱辛，賺了錢就會亂花。」

歷隊哈哈一笑：「我捐給母校武漢大學了。我不是給母校捐錢最多的人，但卻是畢業後最短時間回饋母校的人。我應該是我們學校第一個畢業不到十年就向學校捐款的學生。」

「繼續投資股市多好。」文盛西大搖其頭。

商深接過話頭：「以歷哥的性格，他不喜歡股市類似賭博的賺錢方式。」

「還是商深瞭解我，」歷隊欠了欠身子，喝了口水，「股票賺錢太容易，會讓人沉迷於類似賭徒的心理中，所以我從股市上抽身出來，集中精力關注銀峰和七二四軟體的事。」

商深不但是個電腦奇才，還是一個善於揣摩別人心理的天才，徐一莫雖然認識商深時間不短了，還是為商深可以和性子直爽的文盛西談笑風生，又可以和性格沉穩的歷隊引為知己而讚嘆不已。不是所有人都有可以和不同性格的人交往的本事，商深還真是一個具備成功潛力的人。

就連文盛西也是暗暗驚訝，他認識歷隊的時間比商深還長，卻發現他對歷隊的瞭解還不如商深，說明商深對人性的認知也有獨到之處。

歷隊微一停頓，意味深長地看了商深一眼，才緩緩說道：「商深，你的電腦管理大師和螞蟻搬家的成功，說明你獨到的眼光和對市場敏銳的把握能力，也說明你很尊重用戶並且瞭解用戶的使用習慣，從洞悉客戶心理的角度來說，你很成功。但話又說回來，你是從正面瞭解用戶的使用習慣，但有人卻從反面利用客戶的使用習慣，甚至在短時間內，會比你更成功更迅速地佔領市場。」

商深聽出了味道，眉毛挑了挑：「你是說中文上網網站？」

「沒錯，就是葉十三的中文上網網站。」

歷隊輕輕敲擊桌子，若有所思的望向窗外，窗外繁花似錦，陽光如刀，明亮而憂傷，就如他目光中一抹的憂鬱，「中文上網網站發展的勢頭之猛，超出所有人的預料，你不會不知道原因。」

商深當然知道原因何在，他輕嘆一聲：「人性善惡全在一念之間……」

# 第七章

# 綁架程式

葉十三犯了一個急功近利的錯誤——綁架！
凡是上了網站的用戶，都必須要下載一個外掛程式，
外掛程式下載後，就自動安裝在電腦上，
不但會隨機啟動，而且無法正常卸載！
也就是說，是一條賊船，一旦上了就無法下船。

葉十三的中文上網網站在三月的時候正式推出，剛推出時，和商深的電腦管理大師軟體一樣，回響平平。但一個月後，突然火爆起來。

任何事情的火紅都有其原因，要麼順應了時代發展，要麼得到了用戶的認同。中文上網網站的火紅是因為抓住了市場的需求，是應運而生的產物。

許多人輕視應運而生的事物，卻不知道，能夠形成一股潮流，都有其必然的歷史規律。就如在歷史的洪流中，有人傲立潮頭，有人卻被時代淘汰，就在於有人有敏銳的眼光，而有人則跟不上時代的腳步。

歷史學家也好，經濟學家也好，都是後知後覺，是從前人成功或失敗的經驗中總結出規律來，所有的總結都建立在敢於嘗試的勇敢者的行動之上。

綜觀人類發展歷史，幾乎所有的道理都建立在實踐之上。也就是說，理論高於實踐，但實踐脫胎於理論。

在一九九八年時，上網不但是一件耗費金錢和時間的偉大工程，也是比拼智力的一項活動，你不但要有一台電腦、一根電話線，還要有鼓鼓的腰包和足夠的時間，否則高昂的上網費用以及蝸牛一樣的網速絕對會讓你發狂。

除此之外，你還要具備一定的英文基礎，因為在當時上網需要直接在位址欄輸入英文網址。如果你英文水準太差，記不住英文網址的話，那麼上網會很麻煩，除非你把你喜歡的網址放進「我的最愛」。

但很多時候你需要上一個「我的最愛」裡沒有收藏的網站，在還沒有谷歌大神的時代，你可能連搜索功能都不會用，或者想用也無從下手。鑒於上網愛好者中，有相當大一部分人幾乎沒有任何的英文功底，別說可以記住繁瑣的英文網址了，連一兩個簡單的英文單詞都記不下來。如此，上網就成了一件痛苦的事。

此時已經有一百多萬人暢游在互聯網的海洋中，但英文上網大大制約了互聯網的發展，就如電腦剛誕生時沒有中文輸入法一樣，因而中文上網網站的推出，完全滿足了大眾的需求，推出後才兩三個月，網民數量立刻激增了二十萬人！這都是得益於中文上網網站提供的方便快捷的上網方法。

一開始商深也認為葉十三的思路不但極有開拓性，也很有創意，堪稱神來之筆。中文上網網站的思路看似簡單，只不過是讓網民先上該網站，然後下載一個外掛程式，之後就可以在位址欄中隨意輸入想上網站的中文名稱，網站就可以直接將名稱轉化為英文網址，然後連結打開網頁。

商深不得不承認，有時許多看似簡單的想法，其實是天才般的創意和靈感。像中文上網網站的思路，他就沒有想到，一是和他深厚的英文底子有闊，他上網從來都是直接輸入英文；二來也是因為他的思路不夠開闊，沒有更多地為用戶著想。

當然，這並不是說他不如葉十三，每個人的關注點和落腳點不同，沒有人是全才，就如他的電腦管理大師的創意，葉十三也想不出來一樣。

如果葉十三的出發點完全是以使用者的需要為依歸的話，商深也會佩服葉十三的胸懷，然而葉十三犯了一個錯誤，一個小小的急功近利的錯誤——綁架！

凡是上了網站的用戶，都必須要下載一個外掛程式，外掛程式下載後，就自動安裝在電腦上，不但會隨機啟動，而且還進駐記憶體，最最重要的一點是，無法正常卸載！也就是說，中文上網網站雖然很方便快捷，卻是一條賊船，一旦上了就無法下船。

商深十分鄙視這種綁架用戶的做法，不管是軟體裡面所附帶的外掛程式和類似於木馬病毒的代碼，還是網頁的劫持。儘管葉十三的做法是為了綁定用戶，讓用戶無限忠誠於中文上網網站，但從某種意義來說，如此做法是利用了用戶電腦水準的參差不齊，在使用者不知情的情況下，強行綁架使用者的使用習慣。

如果從商業的角度考慮，葉十三此舉是為了讓每一個上過中文上網網站的用戶都成為該網站的目標群，達到百分之百的回顧率，是為了以後公司的長遠發展著想。因為在以後用戶數量決定成敗的前提下，每一個用戶都是寶貴的資源和財富。

不得不說，葉十三的做法很流氓，在電腦剛剛普及之時，在許多網民還是電腦盲的情形下，偷偷安裝外掛程式並且使其無法正常卸載，其實是一種強制消費的行為，是對用戶選擇權的踐踏和隱私權的不恭。

在此後相當長一段時間內，國內許多軟體廠商推出的軟體都採取同一手法，甚至有些軟體不但裝上了之後無法正常卸載，還強行隨機啟動，拖慢電腦速度不說，並且隱藏了許多非法外掛程式，比如篡改主頁、自動下載木馬病毒，等等，將使用者的電腦當成了自家的試驗田或是肉機，任意盜取用戶的個資，甚至是盜竊用戶網路銀行的財產。

「肉機」是駭客族的網路用語，如果你是個駭客，肉機就是你通過電腦程式控制的遠端電腦，大部分的用戶自己卻不知道被你所控制。

肉機可以是個人電腦，可以是一家公司的伺服器，一家網站的伺服器，甚至是美國白宮或軍方的電腦，只要你有這本事入侵並控制它。

葉十三的中文上網的外掛程式，商深也破解了原始程式碼進行過分析，除了強行綁定安裝之外，倒還沒有發現有什麼流氓行為，也不具備木馬病毒的特徵；也就是說，葉十三的所做所為雖然稍微無恥了一些，但還只是一個渴望得到用戶認可的小流氓，還沒有發展成為對用戶動手動腳的大流氓。因此，他除了感嘆葉十三的用心稍微不正之外，並沒有對中文上網網站的外掛程式採取相應的動作。

不過人性的善惡就在一念之間，如果葉十三動了惡念，想進一步控制用戶的電腦，他只需要改動幾個代碼，讓已經安裝外掛程式的電腦再自動下載安裝一個小小的程式，那麼數十萬台電腦就可以一夜之間成為他的肉機。

「不能把希望寄託在人性的一念善惡之上。」歷隊知道商深和葉十三的關係，搖頭警告說：「自古以來欲成大事者，必有敢為天下先的胸懷，也要有天下為公的胸襟，不能因為葉十三和你是發小的關係，你就對他的行為視而不見，商深，如果你不採取動作，我就要動手了。」

歷隊和商深的對話，徐一莫和文盛西都沒聽懂，徐一莫伸出右手在商深面前晃了晃：「喂，你們在說什麼？好像在打啞謎一樣，我怎麼聽不懂？」

「聽不懂就對了，你懂程式設計嗎？你懂駭客技術嗎？你懂人生嗎？」

商深一連串反問。

「不懂，都不懂。」徐一莫搖搖頭。

「不懂就對了，所以就不用浪費口舌和你說個明白了。」

商深哈哈一笑，不過笑聲中掩飾不住一絲無奈，他端起咖啡，一口氣喝了一半，忽然有了決定，「在第三版的電腦管理大師中，我會加入卸載中文上網外掛程式的功能。」

「做得好！」歷隊哈哈一笑，舉杯向商深示意，「男人就應該有所為有所不為，既然你的電腦管理大師的定位就是服務使用者的電腦，讓用戶電腦保持一個整潔乾淨的環境，那麼任何有惡意行為的軟體都在管理大師的清理範圍內，所以，你是對事不對人，相信葉十三會理解你的做法。」

徐一莫總算聽明白了，瞪大了眼睛，也不顧嘴上的泡沫：「啊，商哥，你要公然向葉十三挑戰呀？就算你再是出於公心，他也認為你是故意針對他，他肯定不會和你善罷干休。你想呀，斷人財路如殺人父母，而且葉十三對你成見又那麼深，你的軟體專門卸載他的外掛程式，他不跟你拚命才怪。」

「急就急吧，我只是為了維持一個公平公正的環境，如果都像他一樣，每個外掛程式或是軟體都有流氓行為，裝上了就卸載不了，用戶就會對我們失去信心，市場就得不到良性的發展。互聯網是一個沒有國界的世界，但並不等於沒有規則。自由、平等、分享、尊重，就是互聯網的法則。」

「說得好！」文盛西本來對互聯網的話題不太感興趣，在一旁聽得昏昏欲睡，後來聽到商深和葉十三狹路相逢，要正面交戰時才來了精神；又聽到商深闡述關於互聯網的規則，一下說到了他的心坎上，頓時鼓掌叫好。

「商弟，你說得簡直太好了，自由、平等、分享、尊重，沒錯，沒人知道坐在電腦背後的你是什麼人，是什麼身分，所以，在網路上，每個人的社會屬性都放到一邊，大家都是平等的網民。」

歷隊的關注點不在全域而在局部：「那就這麼說定了，商深，你的電腦管理大師儘快升級，加入對中文上網外掛程式的清理功能，然後原始程式碼借我參考一下，我的七二四推出後，也會根據網路上新出的流氓外掛程式或是軟體進行清理，如果有木馬行為的，一律查殺。」

「不對，不對，歷哥，你的七二四軟體和商哥的電腦管理大師有什麼不同？我感覺好像是一樣的功能嘛。」徐一莫敏銳地抓住了重點。

商深笑了，別看徐一莫不是電腦專業出身，但她看問題時總能比別人快一步，而且總有與眾不同的切入點，是個人才。

「是有相同之處。但在相同之中又有不同之處。這麼說吧，電腦管理大師強調的是對電腦的管理和優化，注重用戶的個人積極主動性，而七二四的落腳點是全方位、全天候地保護你的電腦，不需要你自己動手去做什麼。用一個不太恰當的比喻就是，電腦管理大師是手動汽車，適合有一定的電腦基礎和動手能力的中階使用者，而七二四軟體是自排車，打開之後就不用你動手操作了，適合只會開機關機和使用電腦基本功能的初階用戶。還有，七二四軟體具有一定的殺毒功能，電腦管理大師沒有。」

「明白了。」徐一莫連連點頭，「優勢互補，各有側重，分別推向市場，再根據市場的反應來調整策略，高，實在是高。」

「哈哈。」商深大笑，沒想到他和歷隊雙劍合璧的戰術居然能被徐一莫一語道破，徐一莫還真有幾分眼力。

確實，從某種程度上來說，歷隊的七二四是受他的三六五啟發，他的電腦管理大師又借鑑了七二四的創意；反過來，七二四又在他的電腦管理大師的基礎上進一步完善，等於一切的源頭還是來源於他在火鍋城的一次無意之舉。說是無意之舉，也是靈感火花的閃現。

其實在電腦管理大師正式推出後，歷隊曾經猶豫過是不是還要再推出七二四，後來商深提出電腦管理大師和七二四看似雷同，其實有本質上的區別，定位的用戶群有很大的不同，正好兩個軟體可以互補並且細分市場。在商深的分析之下，歷隊明白了兩款軟體定位的區分，更加佩服商深的眼光和洞察力了。

「晚上一起吃飯吧，我借到錢了，我請客。」

文盛西十分開心，有商深這樣一個朋友是他的幸運，否則他現在別說可以擁有全國連鎖的夢想了，怕是連櫃檯都租不起了。

「晚上我還有事，就不一起吃飯了。」現在的商深比以前更多了沉穩，也有了更多的應酬。

「好吧，知道你忙，就不強求啦。」文盛西站了起來，「我就先回去了，再進一些貨，擴大經營範圍，為以後開第一家連鎖店提前規劃一下。」

文盛西一走，歷隊也告辭而去。

送走二人，商深本想立刻回公司，徐一莫卻還想再多坐一會兒，商深想了想沒再堅持，反正回公司也沒有太要緊的事，主要是他看出來，徐一莫有話要對他說。

重新落座之後，小鈴小鐺又過來問要不要加水或是點些別的什麼，商深要了杯水，徐一莫卻故意開玩笑說：「我要一瓶汽水。」

小鈴為難地說：「抱歉，本店不提供汽水。」

「旁邊的冷飲店有，麻煩你幫我買一瓶，好嗎？」徐一莫微笑的表情，別說對男人殺傷力十足，對女人也同樣魅力超群。

小鈴還沒有說話，小鐺搶先說道：「沒問題，一莫你等一下。」

小鈴追到門外，拉住小鐺：「你替客人買店外的飲品，老闆會罵你的；還有，你總是喜歡向商深身邊湊，你是不是喜歡上他了？」

「他長得帥，又是CEO，氣質沉穩，為人大氣，哪個女孩子會不喜歡呢？」小鐺直爽地回道。

「你喜歡也沒用，你沒發現他身邊的徐一莫也喜歡他？和徐一莫相比，你有什麼優勢？」

小鈴知道妹妹是個容易喜歡上別人的人，愛多了容易傷心，就勸妹妹及時懸崖勒馬，以免陷進去受傷。

「先不說徐一莫的長相，就是她的魔鬼身材，你就差得太遠了。」小鈴毫不留情地說。

「什麼意思嘛，你是說我身材不如她了？」

小鐺噘了嘴，不滿地朝裡面望了一眼，見徐一莫正坐在商深身邊竊竊私語，時而咬牙微笑，時而抿嘴一笑，嫵媚多姿，不由更氣了，「她身材也就比我健美了幾分，要論身高、腿長、腰細還有皮膚的白嫩，我哪一點不如她了？」

「哎呦，你還真要和徐一莫比個高低呀？」小鈴用一根手指在臉上刮了幾下，「不知羞，你是真的喜歡上商深啦？算了吧，我的妹妹，你不是商深的菜，再說商深也不會喜歡上一個咖啡館的女店員。拐角遇到愛只是一個童話，大部分時候，拐角遇不到愛，只能遇到無賴。」

「商深不是無賴！」小鐺很不滿小鈴的說法。

「他不是，你是。」小鈴揮了揮手，「行了，別胡思亂想了，你和商深沒有可能的。」

「可是……」小鐺依依不捨地望了眼商深，「可是我還是喜歡他。」

正說話的工夫，從小鈴小鐺身旁走過一男一女，男的大眼濃眉，英俊不凡，年約三十左右，女的二十多歲，圓潤清麗，一身淡雅的碎花連衣裙襯托得她身材曼妙玲瓏，兩人不管是穿衣打扮還是氣質，明顯與眾不同。

男的對小鈴小鐺視而不見，從二人身邊昂然走過，女孩卻驀然一頓，似乎被二人話中的哪個字擊中了心臟，下意識打量了二人一眼，目光中流露出複雜的神色。

小鈴小鐺不知道發生了什麼事，二人習慣性地朝女孩露出職業的微笑，讓到一邊，讓兩位客人過去。

女孩愣了片刻之後，又恢復淡然，朝二人微一點頭，邁步走進咖啡館。

「你說，剛才的女孩和徐一莫比，誰高誰下？」

小鐺忽然很想拿剛才的女孩和徐一莫對比，彷彿不管是誰，只要比下了徐一莫，就是她的勝利一樣。

「不相上下。」

小鈴的目光透過明亮的落地窗落在了女孩的背影上，不知為何，她總覺得女孩剛才的失態是因為聽到了商深名字的緣故，注意到女孩距離商深越來越近，她心中忽然升騰起強烈的八卦之火。

「我敢打賭，她和商深認識。」

小鐺沒理會小鈴的自言自語，轉身去旁邊的冷飲店買汽水去了，只留下小鈴一個人站在門口，站在拐角遇到愛的幾個大字下，有幾片落葉伴隨著玉蘭花瓣飄然落下，很有一種落花人獨立的美感。

外面發生的一切，商深一無所知，他正在聽徐一莫講一個關於藍襪和他的故事。

如果不是徐一莫說出來，商深還不知道藍襪對他一直懷有深深的好感。

「太有女人緣的男人不好，沒有安全感不說，還容易招惹是非，商哥哥，不是我說你，你怎麼能欠那麼多情債呢？」

徐一莫雙手托腮坐在商深的對面，她凝視商深的眼神雖然清澈無邪，卻偏偏擺出的是一往情深的樣子。

商深叫屈：「我怎麼欠情債了？汙人清白。」

「你還委屈了是吧？好吧，先不說范衛衛了，只說薇薇和藍襪。」

「停，怎麼又扯上藍襪了？關藍襪什麼事啊？」

商深被徐一莫的話驚呆了，誠然，他最近是和藍襪接觸多了些，但在他的印象中，藍襪總是一副恬淡的樣子，話不多，笑容也不多，沉靜得就如一泓秋水。在和他為數不多的交談中，涉及的內容多半全是工作，沒有私人話題。

如果徐一莫告訴他自己喜歡上他了，他還相信，因為一直以來，他和徐一莫的關係就非常密切，說笑打鬧，就如哥們一般，雖然他和徐一莫誰也沒有當對方是異性，但相比之下，他和徐一莫的接觸比他和藍襪之間的交往密切了太多。

「藍妹妹是一個比薇薇還能藏得住心事的人，但她隱藏得再深，也瞞不過我的火眼金睛。」

徐一莫眨了眨眼睛，得意地笑了笑，「如果我沒有猜錯的話，她是在去潭柘寺的時候喜歡上你的。」

潭柘寺？

商深的回憶一下複雜了，兩個月前，春光無限，商深約了文盛西、歷隊、馬朵、歷江以及崔涵薇、徐一莫和藍襪、衛辛一行數人去潭柘寺玩，觀賞潭柘寺有名的二喬玉蘭。

記得當時一共開了三輛車，他和崔涵薇、徐一莫、馬朵、藍襪共乘一車。本來衛辛想上他的車，被歷江拉到了另外一輛車上，藍襪在別的車上明顯座位空出的情況下，非坐在他的車上，他當時還奇怪，藍襪為什麼不去坐她自己的賓士，而是讓文盛西去開，反而來坐他的吉普車呢？

「你還記得一個細節嗎？當時大家都在二喬玉蘭下面拍照，我拍完後是薇薇拍，薇薇拍完後，是藍襪拍。藍襪拍的時候，本來薇薇想給她拍，她卻非讓你拍，有沒有這回事？」

「是有。」商深低頭一想，想起來了，「這能說明什麼？」

「說明藍襪喜歡你呀。因為拍照的時候，她盯著鏡頭看，就等於是盯著你看。你通過鏡頭可以看到她眼神中流露出來的愛意，你是真傻還是裝傻呀？」

徐一莫伸手一推商深，咬牙切齒的樣子，好像商深多罪大惡極一樣。

「當時她看你的眼神那麼溫柔那麼深情，我就知道完了，你又招惹是非了。你不知道，藍襪輕易不會動情，一動情就會一發不可收拾。」

可是，這真的不是他的錯，商深無辜地撓了撓頭，心中五味雜陳。他也知道，越是性子淡的女孩越有主見，她們輕易不表露情感，一旦動心了就很難收回。問題是，在和藍襪的接觸中，他既沒有感受到藍襪的暗示，又沒有存心讓藍襪誤會他，而且藍襪明明知道他和崔涵薇的關係非同一般，為什麼還對他情愫暗生？

「藍襪到底是什麼來歷？」商深想了想，覺得有些事情還是假裝不知道為好，時間會消磨一切，就故意轉移了話題，「總覺得她不但性格冷靜，身分也是神秘莫測，彷彿她就是一團迷霧。」

「我也不知道。」徐一莫一攤雙手，一臉無解的表情，「我雖然認識她的時間不短，但從來沒有見過她的父母，也不知道她在北京還有什麼親人，她一直就是一個人生活。她有名校文憑，也有機會去公家機關工作，卻就是不去，非要在中關村開個小店，有時會去待上半天，有時交給別人看管，反正她對什麼事都是淡然如風，就連走路也是不緊不慢，彷彿天大的事都可以等上一等。」

用優雅從容來形容藍襪再貼切不過，商深見識過大戶獨生女范衛衛，也認識大家閨秀崔涵薇，二人雖然都有優雅的一面，但和藍襪比，二人的從容還是比不上藍襪與世無爭的淡然。

當從容上升到與世無爭的高度，就是曾經滄海難為水的淡定了。問題是，藍襪才多大，怎麼可能有久經世事滄桑的淡定？

「這麼說，藍襪的身世一定很驚人很有內幕了？」

商深注意到徐一莫雙手托腮時，不小心將咖啡沾到了臉上，於是雙手拿開時，臉上留下了一片痕跡，不由啞然失笑，徐一莫太不注重形象了，完全沒有女孩子的細心。但偏偏徐一莫的舉止卻不讓人覺得邋遢，反而十分可愛。

商深搖頭一笑，拿起濕巾替徐一莫擦去臉上的痕跡：「你再不修邊幅下去，小心嫁不掉。」

徐一莫昂著臉，很享受商深的服務，開心地說：「商哥哥，你就放一百個心，我要想嫁人的話，立馬會有一百多人排隊等著娶我，問題在於我想不想嫁。有時選擇的機會多了，反而不好，因為你會發現，選擇越多反而越沒法選擇……你也要小心選擇障礙，范衛衛、崔涵薇以及藍襪，比來比去，你最後會發現，越比越痛苦。」

「如果在她們之中實在挑不出一個最合適的，不如選你算了。」

商深見徐一莫扳著手指說起三人時的可愛表情，既好玩又好笑，就想和她開個玩笑。

「真的呀？我沒意見，就怕薇薇不同意。」

徐一莫嘻嘻一笑，順勢從對面坐到商深的身旁，雙手抱住商深的胳膊，「來，我先試試胳膊抱起來是不是合適，如果不合適就不考慮你了，對於以後要經常抱著睡覺的不可替代的必用品來說，必須要先試用一下才行。」

好吧，你贏了，商深被徐一莫打敗了，他本想逗逗她，結果反被她調戲。徐一莫太不把他當一回事了，居然要試用他的胳膊，當成他是不是可以娶她的先決條件，這不是故意氣人嗎？

商深抽出胳膊，伸手抱住了徐一莫的肩膀：「我也得先試用一下你的肩膀，對於以後要經常抱著睡覺的不可替代的必需品來說，必須得先試用一下是不是舒適才行。」

徐一莫嘻嘻一笑，身子一轉掙脫了商深的胳膊，正要還擊時，目光一閃，落在迎面走來的一個人身上，忽然愣住了。

商深的胳膊還停留在徐一莫的肩膀上方，見徐一莫不躲閃了，正要落下時，驀然覺得氣氛不對，順著徐一莫的目光望去，頓時目瞪口呆！

在他和徐一莫的正前方，有兩個人長身而立，是一男一女，男人很是面生，是商深從來沒見過的面孔。女人——準確地講是女孩，微顯瘦削，清秀亮麗，雙眼大而有神，眼珠漆黑如墨，小巧的嘴唇十分紅潤，膚色白裡透紅，綻放青春的光澤。

窗外的陽光透過玻璃打在她的臉上，細小的絨毛和近乎透明的耳朵，以及裸露在外光潔如玉的小腿和腳上綠色的涼鞋，宛如一幅江南水鄉山水畫的美景。

是她！商深瞬間屏住了呼吸，不敢相信自己的眼睛！

徐一莫也睜大了眼睛，片刻之後，又驚訝地捂住了嘴巴，緩緩地站起來，既驚又喜：「衛衛……」

沒錯，在商深面前的女孩，正是闊別一年之久的范衛衛！

「衛衛！」

商深也站了起來，他怎麼也沒有想到在一個突如其來的時刻，范衛衛會如一道陽光一樣，突然出現在他的面前，在他完全沒有心理準備的當下，他的大腦近乎一片空白，太意外了，他暫時失去了思考能力。

范衛衛平靜地看著商深，就如看著一個從未謀面的陌生人。她的目光中既沒有久別重逢的驚喜，也沒有因為看到商深和徐一莫親密互動而憤怒，一雙美目就如一泓深潭之水，波瀾不驚，雁過無痕。

商深和徐一莫的話，范衛衛置若罔聞，只是靜靜地站著，既不離開，也不回答，彷彿天高雲淡，瞬間回到一年前她和商深剛剛相遇的一刻。

人生若只如初見……可惜的是，初見只是一瞬，兩人再也不復初見時的驚喜和美好，往事就如過眼雲煙，從此煙消雲散，從此事過境遷。

「衛衛，這位是誰？」

男人的問話驚醒了范衛衛，她如夢方醒一般輕輕一笑，回道：「他叫商深，是我以前在德泉儀表廠實習時的同事。她叫徐一莫，是我在北京認識的一個朋友。」

范衛衛朝身邊的男子禮貌客氣地介紹了兩人，然後落落大方地朝商深主動伸過手來，「你好商深，好久不見。」

商深微一遲疑，接過范衛衛伸過來的手。

再次握住他曾經握過許多次的小手，感覺是那麼的陌生和遙遠，微涼、柔軟，又有一絲冷漠，他心中百感交集，千言萬語不知道從何說起：

「你好衛衛，好久不見，一向可好？」

「我很好，你呢，還好嗎？」

范衛衛淡淡一笑，笑容就如明淨的天空，雖然和以前一樣依舊清新，卻多了天高雲淡的距離。

「一莫，你也好嗎？」

「商深和我都挺好。」徐一莫也察覺到了范衛衛有意的疏遠，想起剛才她和商深的打鬧，暗暗自責怎麼又讓范衛衛誤會了，想解釋幾句，又覺得會越描越黑，「涵薇也挺好，大家都好。衛衛，這位是？」

「哦，不好意思忘了介紹，他是我在美國認識的朋友，叫代俊偉。」

比起以前，范衛衛更多了成熟和大方。

代俊偉？商深大吃一驚，他就是擁有超鏈分析技術專利，在搜尋引擎上面有高深造詣的代俊偉？

如果說在技術上有三個讓商深最為佩服的人，那麼代俊偉肯定是其中之一！因為同樣對技術癡迷的商深很清楚一個事實，雖然大多數技術人員都是工匠類型的人才，但在龐大的工匠之中，也會閃現一兩個天才般的人物，代俊偉就是其中一個。

天才之所以與眾不同，就是因為他們迸發的靈感火花，在科技改變世界的今天，有可能一個火花就會點燃整個世界的光亮。比如代俊偉的超鏈分析技術。

雖然代俊偉的超鏈分析技術目前還停留在紙上談兵的階段，還沒有進入實用階段，但以商深對未來互聯網發展和需求的分析，只要代俊偉找到了切入點，他的成功只是時間問題。

原本就對代俊偉無比好奇的商深一直在想，如果有機會見到代俊偉，一定向他當面請教一些他一直想不通的問題，卻沒想到他和代俊偉會在這樣一個他完全沒有心理準備的情形下不期而遇。

如果說和范衛衛的重逢已經夠讓商深震驚意外，那麼和代俊偉的相遇，更是讓他無法形容自己驚喜交加的心情。只是有范衛衛在，如果不是范衛衛的意外出現，他早就按捺不住激動的心情，要和代俊偉好好聊上一聊了。

第八章

# 拐角遇到愛

他還以為再也見不到范衛衛了，沒想真的遇到了她。

拐角遇到愛……確實可以遇到愛，但遇到的愛也許是新歡也許是舊愛。

你的新歡也許是別人的舊愛，你的舊愛又或許是別人的新歡。

或者說，你的新歡曾經也是你的舊愛。

「代總你好，我叫商深，很榮幸認識你。」

商深向前一步，熱情地和代俊偉握手，「你的超鏈分析技術絕對是領先時代的思路，如果能進入實用階段，在互聯網上應用的話，肯定可以大有作為。」

不管是誰，都會對別人稱讚他最在意的事大有好感，代俊偉最引以為傲的就是他的超鏈分析技術，他握住了商深的手，謙虛地一笑：

「過獎了，過獎了，超鏈分析技術未必就是領先時代的思路，不過肯定是符合互聯網時代發展的思路……你怎麼知道我的超鏈分析技術？」

愣了一愣，代俊偉忽然想明白了什麼，一臉驚喜地道：「你是商深？你就是電腦管理大師和螞蟻搬家的作者商深？」

商深愣住了：「代總也知道我？」

「何止知道！」代俊偉一臉興奮，用力搖晃商深的胳膊，「太好了，沒想到一回國就遇到了你，我還以為沒機會和你見面呢。商深，你有時間沒有？我有一些問題想和你好好談談。」

「時間是有，只是……」商深意味深長地看向了范衛衛。

代俊偉才醒悟過來，想起剛才范衛衛和商深的對話，恍然道：「原來你

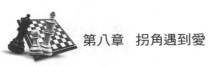

們認識啊，好像還很熟的樣子？衛衛，你和商深到底是什麼關係？」

真笨，徐一莫在一旁幾乎要笑出聲了，代俊偉也太木訥了吧，居然沒看出來范衛衛和商深見面時的不自然？何止是很熟，簡直是太熟了。想當初兩人的戀愛雖然不是轟轟烈烈，至少也是刻骨銘心。

「沒什麼關係，只是認識而已。」范衛衛淡淡地看了看商深，目光中無喜無悲，「或者說，曾經認識。」

代俊偉似乎看出了些端倪，搓搓手道：「這樣呀，衛衛，方不方便坐在一起和商深聊聊？回國一趟不容易。」

范衛衛不動聲色地點點頭：「方便，沒什麼不方便的地方。」

「好。」代俊偉點頭一笑，招呼服務員，「服務員，麻煩找一個包間。」

「商哥，你的汽水。」

商深一行正上樓要去包間，小鐺的汽水買回來了，她一路小跑來到商深面前，將兩瓶汽水遞到商深的手中，打量了范衛衛一眼，小聲說道：「商哥，徐一莫更適合你，新來的女孩氣質和你的氣場不和。」

商深瞪了小鐺一眼：「要你多嘴。」心中卻詫異為什麼只見一面，小鐺就不看好范衛衛呢？

不過又一想，小鐺今天有些反常，以前他雖然常來這兒，也和小鈴小鐺算是熟悉，但以前兩人從來沒有和他開過玩笑。今天這是怎麼了？他忽然又想起咖啡館的名字，不由搖頭，一年不見，還以為再也見不到范衛衛了，沒想真的在拐角的地方遇到了她。

拐角遇到愛……確實可以遇到愛，但遇到的愛也許是新歡，也許是舊愛。你的新歡也許是別人的舊愛，你的舊愛又或許是別人的新歡。或者說，你的新歡曾經也是你的舊愛。

商深在「拐角遇到愛」喝過不知道多少次咖啡，從來沒有上過二樓。到了二樓才發現別有洞天。

包間的名字也起得十分別致，叫「不二」，是取不二法門之意。由於是從右向左書寫，徐一莫歪著頭念道：「二不？」

商深大笑：「念反了。」

「不二！」徐一莫立刻又念了出來，聽起去就像是一句自問自答。

「二不？不二！」眾人哈哈大笑。

房間不大，卻很雅致，有屏風，有古畫，還有古箏，難得的是一家咖啡館中卻有如此古色古香的包間，也算是中西結合的典範了。

「古為今用，洋為中用，中西結合也是積極向上的態度，要我說，偉大設計師提出的改革開放的思路，絕對是奠定中國現在繁榮發展的基石。如果中國一直閉關鎖國，別說可以趕上世界範圍內的互聯網浪潮了，就是現在的經濟也會落後世界幾十年。」

落座後，代俊偉開口的第一句話雖然也是互聯網，卻是高屋建瓴的切入點。

他雖然長得方正，說話卻滴水不漏，「從目前國家政策層面來看，對互聯網的發展，國家是積極推動全面迎戰掌握先機的態度，中國在落後了世界文明一百多年之後，到今天，總算第一次在互聯網浪潮中站在了時代的最前沿。」

商深點頭。一接觸，他就發現相比馬朵和馬化龍，代俊偉看待問題的角度更廣，如果代俊偉回國創業的話，不管是技術上的成就，還是他現在在IT業的地位和收入，馬朵和馬化龍遠不能與之相比。

「代總的意思是，打算回國創業了？」

商深問出了他的疑問，平心而論，他希望代俊偉可以回國，因為中國IT行業十分需要代俊偉這樣的人才。

「有這個想法，還沒有最終決定。」

代俊偉不經意看了范衛衛一眼，見范衛衛端莊而坐，目不斜視，徵求范衛衛的意見，「衛衛，你怎麼看？」

范衛衛正神遊物外，神思恍惚，腦中不斷地閃現她和商深以前的種種，對商深和代俊偉的對話，一句也沒有聽進去。

「我……」范衛衛回神過來，攏了攏頭髮，歉意地一笑，「我不打算回美國了，要留在國內創業。」

「你不繼續讀書了？」徐一莫驚訝地道，之前她在網上和范衛衛聊天時，范衛衛都是流露出要留在美國繼續攻讀碩士和博士的想法，怎麼現在突然又改變主意了？

「衛衛，你真的決定留在國內？」

「是的，決定了。」范衛衛淡淡地看了徐一莫一眼，「怎麼了，不歡迎？」

范衛衛的語氣讓徐一莫感覺到范衛衛的疏遠和陌生，她擺手一笑：「歡迎，當然歡迎。國外雖好，但故鄉才有親人和故人，誰也不願意當流落異地他鄉的遊子。」

「流落異地他鄉是遊子不假，但國內也未必就是故鄉，未必就有故人。」范衛衛目光低垂，不肯多看商深一眼，她轉向代俊偉，深吸了一口氣，彷彿下定了莫大的決心一樣，「代總，我真的決定不回美國了，留在國內替你的創業打前站。」

「太好了。」

代俊偉面露喜色，儘管他也注意到范衛衛和商深之間有些微妙的尷尬，但沒有多想二人之間的關係，更沒有深想回國前范衛衛本來沒有要留在國內的想法，為什麼現在又突然做出了留下的決定，他只是高興他回國創業的大事因為范衛衛答應替他在前衝鋒而落到了實處。

「謝謝你衛衛，難怪西捷說你是一個有主見又敢於擔當的女孩，她果然沒有看錯你。」

范衛衛微一點頭：「謝謝馬姐對我的認可，其實和她相比，我還差了許多。能娶到馬姐，是代總的福氣。代總有今天的成就，馬姐有一半的功勞。」

「家和萬事興，有一個賢內助，是每一個男人的福氣。」代俊偉笑著看了看商深和徐一莫，「商深，一莫是你的女朋友？」

徐一莫都想仰天長嘆了，代俊偉是搜尋引擎方面的天才不假，但在察言觀色和人情世故上也太沒眼色了，難道他都沒有看出來商深和范衛衛的關係？真是笨死了，居然還問她是不是商深的女朋友，真是服了他了。

商深正在為剛才他和徐一莫的互動深怕引起范衛衛的誤會，現在代俊偉如此問，更是怕范衛衛猜疑了，他正要開口否認，徐一莫卻搶先說話了。

徐一莫伸手挽住商深的胳膊，將頭靠在商深的肩膀上：「沒錯，我是商深的女朋友，怎麼樣代總，你覺得我和商深配嗎？我以後會不會是他的賢內助？」

代俊偉微微一愣，似乎沒有料到徐一莫會這麼大方，他呵呵一笑：「肯定會，你一看就是賢妻良母的類型，長得漂亮，個性又好。女孩的性格不能太要強，剛強易折，從兩性性格和互補的角度來說，男為山，女為水，山水相連才景色優美，如果男人是山女人也是山就麻煩了，就成了這山望著那山高了。」

「……」

商深有些無語，代俊偉長相方正，不像是在感情上有太多想法的人，沒想到他居然還有一番男女山水相連的高論，他也是醉了。

不過更讓他醉的是，徐一莫是怎麼回事，故意搗亂不是？有代俊偉和范衛衛在場，他又不好意思推開徐一莫，聲稱徐一莫不是他的女朋友，只好勉強一笑，轉移話題：「代總回國創業的話，會從事搜尋引擎方面的事業？」

對徐一莫的舉動，范衛衛視而不見，別說有什麼反應了，連眼皮都沒有動上一動，彷彿商深只是路人甲一樣，和她毫不相干。

范衛衛的漠然讓商深心痛不已，他現在知道徐一莫為什麼故意抱他並且冒充他的女朋友了，是想測試范衛衛的反應。如果對方還喜歡你，你和另一個女孩當面親熱的話，她即使不會明顯流露出不快，也不會完全沒有反應。而她無動於衷的話，只能說明一點，范衛衛對他是真的恩斷情絕了。

商深心中閃過一聲深深的嘆息，他和范衛衛本來那麼相愛，到最後還是分開，難道真是在錯誤的時間遇到了錯誤的人？他無法回答自己。

「是的。」代俊偉自信地說，「第七屆萬維網大會在澳洲布里斯班舉行，我作為美國最知名的搜尋引擎公司之一Infoseek的技術專家，應邀在大會做演講，聽眾席上有很多人，其中有兩個關鍵人物——在史丹福大學就讀的佩奇和布林。會議中場休息時間，還特意找到我，向我請教搜素引擎如何實現商用化的問題。」

商深腦中靈光一閃，忽然想到了什麼，驚道：「代總，你不會知無不言言無不盡地把你的創意和想法都告訴了他們吧？」

代俊偉苦笑道：「你猜對了，我當時只是本著學術研究的精神，把我的思路以及如何將搜尋引擎實現商業化的想法，全部告訴了佩奇和布林。」

壞了，商深迅速閃出一個念頭，在互聯網創業大潮的今天，任何一個創意或是點子都有可能是無法衡量的財富，代俊偉沒有防人之心，不以為意，但現實中往往是說者無意，聽者有心，也許在代俊偉還停留在紙上談兵階段時，別人就會剽竊他的創意，進行商業化運作。

「後來呢？」

商深暫時壓下和范衛衛重逢的波動心情，強迫自己回到正事上，直覺告訴他，代俊偉之所以回國，怕是在美國的互聯網大潮中，他的搜尋引擎技術商業化的嘗試被人搶先了。

「佩奇和布林在受到我的啟發之後，在史丹福大學的學生宿舍內，開發了全新的線上搜尋引擎，起名為Googol，意思是十的一百次方，代表互聯網上的海量資源。但在搜索該名字是否被註冊時，誤打成了Google，結果註冊的名字就便成了Google。」

代俊偉搖頭，表情很是無奈，「在如何將創意推向商業化的應用上，美國人還是比我們中國人更快一步，被他們搶了先，我不後悔，技術要改變的是整個世界，不是一個國家，也不是某一個人。如果他們可以將我的搜尋引擎技術在美國成功商業化的話，說明未來在中國也可以成功商業化搜尋引擎。美國是他們的世界，中國，則是我們的天下。」

商深深有同感：「現在Google上線沒？Google又是什麼意思呢？」

「還沒有。」

范衛衛接過商深的問題，突然加入到討論中，她漫不經心地看了商深一眼，目光又悄然從徐一莫身上滑過。

「據可靠消息，Google應該在今年九、十月間成立公司並且推向市場。Google的解釋有很多，我理解的一種解釋是：G意義為手，OO為多個範圍，L意為長，E意為出，把它們合一起，意義為：Google無論在哪裡都能為您搜索出海量您所需要的資料。」

范衛衛此去經年，和之前的清麗純真相比，清麗不減，多了成熟和職業女性的風範，說起互聯網時侃侃而談，優雅且從容。記得以前范衛衛並不看好互聯網的前景，怎麼去了美國之後，態度卻有了一百八十度的轉彎？難道是美國如火如荼的互聯網創業氛圍感染了她？

不過不管原因何在，商深都為范衛衛的轉變感到高興，畢竟誰都喜歡和有共同語言的人交往，沒有共同語言的話，坐在一起無話可說或者話不投機才是苦惱。

「我推測Google在美國上線後，早晚會進入中國市場，代總，我希望在Google進來前，你在中國先搶佔至高點，不要再讓Google搶先一步。」

商深又衝范衛衛點點頭，「衛衛，很高興見到你也加入互聯網的浪潮之中，以你的才華，投身到互聯網中，肯定可以大有作為。」

「謝謝你的誇獎，請叫我范衛衛或是范小姐。」范衛衛提醒道。

「……」商深被范衛衛的疏遠刺痛了心，勉強一笑，「好吧，范小姐。」

話一出口，范衛衛在他的面前倏忽間遠去，就如隔了千山萬水的距離，雖然坐在對面不過一米之外，卻是咫尺天涯的遙遠。

徐一莫暗嘆一聲，她是女孩，自然能猜到范衛衛的心思，不管是范衛衛以前對商深的誤會還沒有釋懷，還是剛才她和商深的親密讓范衛衛加深了她對商深的成見，在范衛衛的心目中，商深已經被徹底放進了黑名單，從此她和商深將會退回到你是你我是我的正常關係，除非有公事上的接觸，在私下，她不會再和商深有任何形式的來往。

范衛衛是個狠心的女孩，徐一莫設身處地的想了想，換了是她，她還真做不到如范衛衛一般狠心，至少她會給商深一個解釋的機會，哪怕商深真的做錯了什麼，她也會給他彌補和挽救的時間，而不是如范衛衛一樣直接拒人於千里之外。

當然徐一莫不是范衛衛，她不知道范衛衛的心有多痛，傷有多深。

在回國前，范衛衛其實並沒有下定決心要和商深一刀兩斷，從此再不相欠。若無相欠，憑什麼懷念？何況商深本來就虧欠她許多。

她對商深還有眷戀還有幻想，雖然一再親眼目睹商深和崔涵薇的親密互動，雖然她也想安慰自己所見到的一切都是誤會，但她始終說服不了自己，相信商深和崔涵薇的牽手以及相依相偎真是誤會。哪裡有那麼甜蜜的誤會？

即使如此，范衛衛也無時無刻不在思索一個問題，商深不是一個薄情寡倖之人，他怎麼會在和她還在熱戀之時，又同時和崔涵薇打得火熱？

她相信她的眼光沒錯，相信商深是個用情專一的男人，不會腳踏兩隻船，或者退一萬步講，商深不會主動腳踏兩隻船，那麼問題的癥結就在崔涵薇身上了——是崔涵薇在主動勾引商深，是崔涵薇想從她身邊搶走商深。

正因抱著最後一絲僅有的幻想，范衛衛一直不肯和商深聯繫，既是對商深的懲罰，又是對商深的考驗。如果商深有心的話，他一定會記得她和他除了一個三年之約之外，還有一個一年賭約。

好吧，就算她告訴商深三年之約不再作數，卻沒有明說一年的賭約也同時取消，如果商深還愛著她，至少會等她一年。

在和代俊偉夫婦交往久了，受二人的影響，范衛衛也開始接觸到更多互聯網創業成功的案例，主要也是她身在美國，美國的創業氛圍和互聯網的熱度比國內更熱烈更奔放，何況她又是住在高科技公司雲集的矽谷。

受環境的影響，慢慢的，她改變了部分看法，認為互聯網未必可以改變世界，但至少會改變人類生活。

一年的留學生涯即將結束時，本來她還不想回國，正好代俊偉要回國考察創業環境，就約她一同前往。

她清楚代俊偉的想法，代俊偉有回國創業之心，但由於手中工作還沒有處理妥善的緣故，一年半載內無法從美國全身而退回國，但如果真要等到一年半載後再開始在國內的創業之路，怕是會晚了許多。

互聯網時代是一個瞬息萬變的時代，有時落後一步，就會落後許多步，甚至會是天淵之別，正是因此，代俊偉想先回國確定一下創業的方向，然後再找一個代理人的角色，替他做好前期工作，等他回國時，就可以直接著手操作實質性的工作了，等於是兩不耽誤。由於她和代俊偉夫婦關係不錯，又談得來，在代俊偉的視線範圍內，她無疑是代理人的最佳人選。

代俊偉回國創業，首先看中的地點是北京。此時商深也在北京。既然是同行，范衛衛想，正好趁機見見商深，也好了了她和商深、畢京的一年賭約。她是一個言出必行之人，不會言而無信。

回國後，代俊偉親身感受到國內互聯網熱火朝天的創業景象，以及各類應用軟體的出現，讓他興奮莫名，比想像中更好，比期待中更強，放眼全球，除了美國外，就屬中國的ＩＴ業發展迅猛了。代俊偉當即決定，要盡最大可能早日結束在美國的工作，回國創業。

回國創業，不但需要資金，更需要志同道合的人才。代俊偉在國外多年，對國內ＩＴ行業的現狀以及各種人才不太瞭解，他就採取一個笨辦法——到中關村摸底。

在中關村轉了一圈後，代俊偉牢牢記住了幾個人的名字——商深、張向西、王江民、仇仲子。

幾人之中，張向西已然是八達的總經理，而且即將上線一家門戶網站，和他不是一路人；王江民走的是殺毒之路，也不符合他的發展思路；至於仇仲子就更不用說了，仇仲子現在名聲之盛，成就之大，遠在他之上，他請不動仇仲子作為他的創業合夥人。

那麼就只剩下了一個選項——商深！

對於商深以前的經歷，代俊偉並不知情，也沒興趣知道，他只需要知道商深是螞蟻搬家和電腦管理大師兩款當火軟體的作者就足夠了。這兩款軟體的創意很合他的胃口，而且軟體實用性很高，操作起來很順手，處處照顧到用戶的感受，由此可見，商深不但是一個程式設計高手，也是一個一切以用戶為依歸的商業運作高手。

真正的經商大成之境，還是一切以使用者的需要為出發點，任何一個成功者的成功，都是建立在瞭解用戶需求，並且滿足使用者的需要的基礎之上。從某種意義上來說，現在商深雖然還不是一個功成名就的成功者，但他已經具備了成功者必須具備的全部素質。

對商深來說，成功是在下一個路口時遇到的陽光。陽光早就等候多時，只要商深一現身就能陽光加身。

代俊偉就向范衛衛提出要見商深一面，范衛衛不置可否，心中卻是百感交集。她也沒有想到，短短一年時間不到，商深已經做出了這麼大的成績，她果然沒有看錯他，他是個一遇風雲便化龍的人。

在感慨之餘，范衛衛還是為商深感到高興，卻沒有與有榮焉的感覺，如果商深還是她的，她該會怎樣的開心？只可惜，初露頭角的商深和她已經沒有關係了。

她甚至想，商深如果獲得了更大的成功，爸爸應該不會再反對她和他在一起了？只不過時過境遷，就算商深成就再大，就算爸爸不再反對她和他在一起，她和他卻沒有了感情——商深移情別戀了。

只是……范衛衛心中猶豫不定，是不是該告訴代俊偉她和商深的關係？想了想，她還是打消了念頭，就讓代俊偉不知道真相好了，再者，代俊偉是個對感情事不關心也不敏感的人，他知不知道她和商深的過往，並不影響他和商深的合作。

原以為要過幾天才能見到商深，范衛衛卻沒想到剛從中關村出來，由於走累了想休息一下，正好拐角有個咖啡館，想進來坐一坐，便和商深不期而遇。

狹路相逢，范衛衛不知道該怎麼形容自己的心情，是無奈還是該悲傷？更讓她錯愕的是，遇到商深也就算了，商深竟然和徐一莫在一起打鬧說笑，二人親密的態度明顯是戀愛中的男女！

如果說之前她對商深還抱有一絲幻想，認為商深就算喜歡崔涵薇，也是出於男人都有喜新厭舊的本性，加上崔涵薇的主動，他禁不住引誘才移情別戀，商深只是被動的，她原諒商深的過錯。

但是在她看到商深和徐一莫的親密互動後，她心中僅有的一絲幻想瞬間破滅——再也不用去深究商深和崔涵薇是誰主動誰被動了，只憑商深和徐一莫的卿卿我我，就可以斷定商深就是一個見異思遷的花心大蘿蔔！

范衛衛在心中徹底將商深判了死刑——之前的商深還算是緩刑，現在是直接槍斃了，商深在她的心目中，就如一個美麗的泡沫瞬間破滅。

也就是在這一瞬間，范衛衛又做出了一個決定，一個至關重要並且關係她今後長遠的決定——她要留在國內，不再回美國了。

范衛衛心中恨意滔天，先前她還一直愧疚爸媽對商深的冷落和欺負，現在卻心理平衡了許多，並且真正看透商深的為人，也明白了一點，商深以前對她的種種，都是假裝，都是欺騙。她第一個愛上的人，居然是一個感情騙子，居然如此對她，她真是心瞎眼也瞎！

不行，她要討還回來，要讓商深加倍品嘗痛苦。

從相識到相戀再到分手，她經歷了怎樣痛不欲生的心路歷程，而她以為她所有的付出都值得，現在看來，她的一腔柔情、滿懷真愛都付諸流水了，商深的心裡壓根就沒有她！

一年來，她在美國倍嘗相思之苦，一直期待有一天和商深重歸於好，現在她才發現到頭來只是她一個人的獨角戲，商深早就和別人開始新戀情了。原來牽的手走的路只有她一個人相信天荒地老。

她要留在國內，她要加盟代俊偉的公司，儘管她到現在還是不喜歡ＩＴ行業，不相信互聯網有大好前景，但為了打敗商深，她要投身到互聯網的事業中，利用代俊偉的平臺，將商深狠狠地踩在腳下！

「商深，我很欣賞你的程式設計水準，你的兩款軟體我都使用過了，體驗感覺很好。如果我回國創業的話，希望你能加盟我的公司。」

代俊偉在國外待久了，也習慣了直截了當的談話方式，主要是商深為人很有親和力，讓人很願意親近並且相信，他就不再繞彎，直接說出了想法。

「怎麼合作，股份怎麼分配，具體我們接下來再進一步商談，你的意思怎麼樣？」

「嗯……」商深微一沉吟，目光在范衛衛的臉上一閃而過，「范小姐也會加盟嗎？」

代俊偉並不知道范衛衛的心思變化，來之前范衛衛說會考慮加盟他的公司，他也非常希望范衛衛可以先他一步回國，替他在北京先處理前期的一些事宜。如果有范衛衛加盟，再有商深的加入，他相信公司前景肯定大好。

「會。」

范衛衛無比肯定地回答了商深，朝代俊偉點頭一笑，「代總，我決定了，我要留在國內，作為你的全權代表，著手公司的創建事宜。」

「太好了。」代俊偉高興地一拍桌子，「衛衛，我希望你幫我做好開辦公司的前期事宜，其他的事你不用操心，資金和技術問題，都交給我來解決。」

「至於商深……」代俊偉意味深長地看了商深一眼，「我希望你能全身心地投入到我的公司中，放下手頭的所有事情，專注當下，專注才能成功。」

「那可不行。」

徐一莫唯恐商深真的頭腦發昏答應了代俊偉，有范衛衛在場，商深說不定會大腦短路，於是急忙出面。

「商深還有許多事要做，他不可能放下眼下的成功去賭未來的可能，而且還有許多人比你更需要他，如果他放手眼下正在努力的一切，會讓許多人失望，甚至會讓許多人失業。」

「哦？」代俊偉朝商深投去疑問的目光，「商深，你是怎麼想的？」

商深確實因范衛衛疏遠的態度而有幾分傷感和失控，但他努力克制了自己情緒的波動。

「一莫說得是，我現在合作了好幾家公司，從誠信的角度來說，我也不可能中止和別人的合作，只專注於一家。我想，如果我們合作，不一定非得是加盟式的合作，還有很多種合作方式可以參考。」

商深不想將所有雞蛋都放進一個籃子裡面，要他放棄他和崔涵薇的公司他辦不到，他不是一個半途而廢的人。況且他和馬化龍、張向西、歷隊都保持了密切的合作，代俊偉卻強調如果和他合作就必須和別人中止合作，如此苛刻的條件他無法接受。

「這樣呀……」代俊偉想了想，不肯讓步，「我始終堅持認為，專注才能成功，如果同時做好幾件事的話，很容易顧此失彼。不如你再考慮考慮。」

商深卻淡淡地回絕道：「不用考慮了，我不會專注於一家公司，謝謝代總的盛情邀請。以後有機會的話再合作好了。」

商深看出來，技術出身的代俊偉是個慢性子的人，但在慢性子之外，又有很強的統領全域的掌控欲，他喜歡百分之百掌控一切，不允許在他的決策下有任何不同的聲音。

程式設計出身的人都有同樣的問題，都有強烈想要掌控一切的欲望，這也是程式設計久了養成的習慣。在程式設計的世界裡，自己是唯一的王者，所有的代碼都是唯命是從的士兵，士兵必須聽話，哪怕只有一個士兵出列，也會造成整個程式的缺陷。所以每個程式設計出身的人，時間久了，都會有必須自己掌控一切否則就沒有安全感的強迫症。

但職業的習慣不能帶到管理上面，程式師和CEO畢竟大有不同，作為程式師要百分之百掌控一切是值得肯定的專業精神，但作為CEO如果也要過分強調百分之百掌控一切就有問題了。

不過商深也清楚一點，每家公司都有天花板，公司創始人的性格決定了公司的企業文化，同時創始人的能力也是公司發展的天花板。

代俊偉沒想到商深會這麼堅決地拒絕他，連一絲迴旋的餘地也沒有，大大出乎他的意料，他愣了愣，搖頭笑了：「照你的意思，想怎樣合作比較好？」

商深接觸業內精英也不少，從張向西到馬朵、馬化龍，以及歷隊和文盛西，都沒有強調排他的合作方式，只有代俊偉例外，他思忖片刻，說出了自己的想法：「在不影響我和別人合作的前題下，我願意和代總進行任何形式的合作。」

代俊偉微微皺眉，目光望向了窗外。窗外夕陽西沉，暑氣漸消，餘暉照耀在高大的楊樹和低矮的灌木叢上，有一種久遠的感覺。

「哎呀，咖啡喝完了，要不要再續一杯？」徐一莫的話打破了房間中微顯沉悶的沉默，她起身下樓，「我去叫服務員。」

商深知道徐一莫肯定是找個理由下樓打電話去了，叫服務員哪裡用得著自己親自下樓？他沒有理會徐一莫，靜靜地等代俊偉的回答。

雖然商深十分看好代俊偉搜尋引擎的前景，但他不會因此遷就代俊偉的合作方式，他一向認為，互聯網應該以雙贏共贏並且多邊合作的方式來推動其商業化進程。如果他和代俊偉理念不和的話，寧可不合作也不會放棄原則。

過了許久，代俊偉才收回目光，卻沒有正面回答商深的問題，而是抬手看了看手錶：「不好意思，我還約了一個人，要不我們下次再約？」

「好。」

商深起身送客，目光一掃，注意到范衛衛的神色稍有落寞之意，忽然心念一動，「代總，不如這樣，方便的話，請范小姐留下來，和我繼續討論合作方式的問題。」

「衛衛，你方便嗎？」代俊偉徵求范衛衛的意見。

「嗯……」

范衛衛微一遲疑，她豈會不明白商深明修棧道暗渡陳倉之意，本來她不想和商深單獨相處，卻見代俊偉面露期待之意，知道代俊偉對商深很是看重，只好說道：「這樣也好。」

「那好，你們繼續聊，我先走一步。商深，回頭有機會一起吃飯，再繼續我們的話題。」代俊偉揮手告辭。

徐一莫說是下樓去叫服務員，卻一去不回，偌大的包間中就只剩下商深和范衛衛無言以對。沉默的氣氛就如凝重的水霧，瀰漫在二人之間，讓二人曾經的往事如霧裡看花一般影影綽綽。

# 第九章

# 曾經的愛情

是的，曾經的愛情。

商深還以為他和范衛衛有重歸於好的可能，但現在他清楚了一個事實，

他和范衛衛漸行漸遠，即使二人之間沒有范長天和許施的阻撓，

他和她在許多事情上的看法不同，也是二人走到一起的最大障礙。

夕陽已經西下，黃昏來臨，除了兩人的呼吸聲外，房間內靜可落針。

「還要咖啡嗎？」商深終於打破了沉默。

「不要了，謝謝。」范衛衛輕輕一攏頭髮，目光低垂，並沒多看商深一眼。

「衛衛……」

商深心中柔情湧動，前塵往事如潮水一般湧上了心頭，讓他幾乎無法自抑，他站起來，向前一步想要去抓范衛衛的手。

「請叫我范衛衛或是范小姐，謝謝。」

范衛衛目光清涼如水，輕輕後退一下，躲開了商深的雙手，臉色冷峻而漠然，「商先生，請你自重。如果你再這樣，我馬上就走。」

范衛衛的話如一盆冰水從天而降，將商深澆了一個透心涼，心中的柔情頓時化為失落和無奈，他退後一步，坐回座位上，尷尬地搓了搓手：「對不起，范小姐，我失禮了。」

見商深一臉的失落，范衛衛心中閃過一絲不忍，不過隨即收起了軟弱，冷冷地說道：「從現在起，你和我是公事公辦的關係，以前的種種都過去了，不要再想，更不要再提，希望我們都忘記過去，向前看。」

「商哥哥！」

徐一莫恰到好處地出現了，她就如一隻快樂的小白兔一蹦三跳來到商深面前：「我剛才和薇薇通電話，她說晚上要請衛衛吃飯。」

「不必了。」范衛衛搖搖頭，「我晚上有安排了，替我謝謝崔涵薇。」

「一頓飯而已，衛衛，你又何必拒人於千里之外呢？」

徐一莫注意到商深和范衛衛之間的尷尬處境，有意緩和氣氛，「薇薇也是一片好心，而且也定好了位子，走過去也就十幾分鐘的路程……」

「好吧，你告訴她，我會去。」范衛衛不想徐一莫說個沒完，起身下樓，「現在就去吧，別讓涵薇等我們。」

「好呀。」徐一莫走在前頭帶路，率先跑下樓去。

到了外面，她回頭衝商深眨了眨眼睛，然後向范衛衛揮了揮手，「衛衛，我先過去點菜，你和商深慢慢走，地點他知道。」

商深一愣：「去哪裡？」

「就以前常去的日本料理店。」徐一莫有意給商深和范衛衛留出空間，話一說完，就迅速地消失在遠處。

商深和范衛衛並肩而行，保持了半米的安全距離。沿著中關村大街漫步，此情此景彷彿昔日重現，可惜景色沒變，人卻變了。

「范小姐……」走了一會兒，商深艱難地開口了，「我知道我們之間存在許多誤會，不管你相不相信，想不想聽，我都要告訴你一個事實，之前不管你看到聽到關於我和涵薇的什麼事，我和她之間都沒有事情，你真的誤會了我們……」

「不要說了，解釋就是掩飾。」

范衛衛阻止商深繼續說下去，她淡淡地笑了笑，「都過去了，真也好假也好，都不重要了。真的，商先生，希望你不要再糾結以前的事情不放，我都已經放下了。」

范衛衛真的放下了？未必，儘管她掩飾得很深，似乎真的一切雲淡風輕了，但她刻意的疏遠反而暴露了她對他並沒有釋懷的真實情感。商深暗暗嘆息，范衛衛對他是因愛生恨。

雖然他猜到徐一莫下樓是去向崔涵薇通風報信去了，商深卻還是不明白崔涵薇為什麼非要請范衛衛吃飯。范衛衛對他的誤會全是因為崔涵薇而起，相逢一笑泯恩仇的事情不會發生在愛情的世界裡對立的兩個女孩身上。

但以崔涵薇的性格，商深也知道她不會故意在范衛衛面前炫耀她的勝利……算了，不去想了，商深的目光落在路邊的一個乞丐身上，他習慣性地翻出錢包，丟給乞丐一元。

「上次你在深圳給那個老人一萬塊，是故意不要我爸的錢，還是有別的想法？」范衛衛想起了去年的事。

「都有。」商深如實回答，「范伯伯給我錢的時候，是居高臨下的施捨，我給老人錢，是平等的給予。范伯伯是想用一萬塊來換取我放棄對你的感情，是交換；我想用一萬塊讓老人可以回家並且能夠安度晚年，是不求回報的佈施。」

「後來我一直回想你當時的舉動，總是在想，你是個善良的人，也是一個有社會責任感的人。你可以對一個素不相識的老人給予溫暖和力量，為什麼卻對最親近的人那麼無情和狠心呢？」

范衛衛說著說著，忽然激動起來，「商深，你可以忘掉我們的三年之約，因為是我主動取消了三年之約，但你為什麼連一年都等不及呢？你應該不會忘了你和畢京的一年賭約吧？」

「我沒忘呀。」商深一臉驚愕地說：「我哪裡忘了？我一直在等你回來，也相信你不會爽約。」

想到剛才商深和徐一莫的親密互動，再見到商深一臉的驚訝，范衛衛差點忍不住問出她心中壓抑已久的一句話：「你既然沒忘和畢京的一年賭約，為什麼要和徐一莫卿卿我我？」

只是她還是克制了自己的衝動，強行壓下心中翻騰的恨意，抬頭望了望西天的火燒雲，忽然笑道：「在中國的哲學體系裡，東方代表著生長，西方代表著歸宿，但不知道為什麼，現在西方的科技和創新欣欣向榮，東方卻是一片沉寂。是東方文明真的不如西方文明，還是因為別的什麼原因？現代工業起源於西方，互聯網也是從西方為源頭而蔓延了全球，商先生，你怎麼看待這個問題？」

好吧，既然范衛衛要和他談論形而上的理論，他就和她談好了。

「東方文明講究追本溯源，注重全域，喜歡由此及彼推斷全面的得失，在創新上面落後於西方文明，是在於東方文明在沒有研究透澈一個理論之前，不會付諸實踐。西方文明則不同，西方文明不注重全域，只在乎個體利益和個人感受，所以做事情之前不會考慮那麼多。幾千年文明史就證明了一切，東方文明一直在引領整個人類歷史的進程，只不過在所謂的工業和科技革命之後，東方文明才落後於西方文明。」

商深雖然學的是電腦專業，但他天生對哲學層次的一些理論大感興趣，也讀過不少關於文明對比的書籍。

「可問題是，工業和科技革命才是人類的未來，東方文明在農耕和冷兵器時代是領先的生產力，但在工業和科技、互聯網時代，就只能跟隨西方文明的腳步，豈不是說，在未來，東方文明永遠是西方文明的跟隨者？」

范衛衛在沒有出國前，就有西化思想的傾向，出國後親眼目睹中國和美國的巨大差距，心中對西方文明的嚮往就更強烈了。

「也未必。」

商深剛認識范衛衛的時候，就敏感地察覺到范衛衛對西方文明的追捧，當時他也沒覺得什麼，在改革開放初期，打開國門的國人見識到發達國家的萬千氣象之後，產生崇洋媚外的心理也不足為奇，許多人就是覺得外國的月亮比較圓。其實中國不是沒有輝煌過，只不過是近代才沒落了。有過輝煌過去的文明，必然還會再重塑輝煌。

「怎麼說？」

范衛衛見商深並不認可她的說法，爭強好勝之心讓她很想說服商深。在她看來，商深雖然是個電腦天才，但他既沒有出國留學的經歷，又沒有見識過美國日新月異的高科技，他能懂什麼？不過是閉門造車，自以為是罷了。

「農耕文明和冷兵器時代在現在看來是落後的文明和時代，但不要忘了，農耕文明和冷兵器時代延續了上萬年，而現在的工業文明還不到兩百年。才短短一百多年時間，所謂的工業革命對地球造成的破壞性比以前幾千年都多，更不用說核子武器可以毀滅地球多少次了。當然，工業革命帶來的便利和發展，確實讓人類享受到了前所未有的巨變，但科技是一把雙刃劍，可以造福人類，也可以毀滅人類。在農耕時代，誰敢說有毀滅人類的力量？但現在，光是核子武器就可以摧毀地球許多次！」

商深笑容中帶著一絲玩味，一絲無奈：「知道美國人為什麼發明互聯網嗎？」

范衛衛搖搖頭，雖然商深的觀點沒有說服她，但至少觸動了她，她必須承認商深的話很有道理。

「說來可笑，互聯網的發明動機就是源於對核子戰爭的恐懼。」

商深安步當車，不徐不疾地走在范衛衛的左側，將范衛衛保護在右側，此時華燈初上，迷離的霓虹燈次第亮起，讓人有目眩神迷之感。

「真的？」

范衛衛沒聽過這種說法，下意識多看了商深一眼。從側面望去，商深鼻梁高挺，嘴角緊抿，既有大男孩的靦腆，又有男人的堅毅，她心中最柔軟的地方被觸動了，感覺到一種被撞擊的疼痛。

往事如潮水一般湧向心頭，想起她和商深初識的甜蜜，想起她和商深在北京共度幾個夜晚的美好，眼淚險些奪眶而出。

還好，夜風一吹，讓她頓時清醒了許多，她暗暗告誡自己，不要再被眼前的男人迷惑了，他是一個見異思遷，容易移情別戀的感情騙子，一年時間不到，他先後和她、崔涵薇、徐一莫三個女孩有感情糾葛，真是多情浪子、無情賤人。

如果讓商深知道范衛衛在心裡將他罵成賤人，他也許只會搖頭一笑，不以為然。

「當然是真的，Inernet起源於一九六九年，是冷戰的產物。當時美國國防部認為，如果僅有一個集中的軍事指揮中心，萬一這個中心被蘇聯的核子武器摧毀，全國的軍事指揮將處於癱瘓狀態，後果將不堪設想，因此有必要設計一個分散的指揮系統——它由一個個分散的指揮點組成，當部分指揮點被摧毀後，其它點仍能正常工作，而這些分散的點又能通過某種形式的通訊網取得聯繫。基於這種想法，美國國防部高級研究計畫管理局建立了一個由四台電腦互聯而成的試驗性的封包交換網路，這就是互聯網的雛形。」

一九八三年，美國國防部通信局研製成功了用於異構網路的TCP/IP協議，美國加州伯克萊分校把該協議作為其BSDUNIX的一部分，使得該協議得以流行起來，從而誕生了真正意義的Inernet。

「然後呢？」

聽了商深的介紹，范衛衛才知道對互聯網的瞭解，她還是遠不如商深，她將一縷頭髮放到耳後，目光平視前方，「任何文明都是可取和不可取之處，現在西方文明領先於東方文明，是不爭的事實。」

「我不否認西方文明現階段領先東方文明，但誰也不知道在不久的將來，東方文明會不會再次超越，重回以前的輝煌？畢竟，太陽從東方升起。」商深一指西天的落日，「東方代表著生長，西方代表著安養，夕陽無限好，只是近黃昏，還是初升的太陽更有生命力。」

「你現在用的電腦是什麼配備？」

范衛衛沒能說服商深，覺得和商深辯論下去也沒有什麼意義，以商深的見識，紙上談兵是他的強項，不如談一些形而下的話題，好讓商深真實地感受到中國和美國的差距。

商深猜到范衛衛此問的大概用意，笑道：「配備不算太高，CPU是奔騰II 350，記憶體一二八M，硬碟十G，其他如顯示器、主機板以及音效卡、顯卡，是目前最高端的型號，電腦是我自己組裝的，大概花費不到兩萬塊。」

在一九九八年時，兩萬塊絕對是一筆鉅款，用得起兩萬塊一台電腦的人非富即貴。當然，商深是工作需要，他組裝電腦，用的是最高端的型號，崔涵薇本來還非要從美國直接幫他帶來國內還沒有的限量版，他沒讓，一是覺得太浪費了，二是電腦一類的電子產品淘汰更新太快，沒必要追求最頂級的配備。

范衛衛本想拿她在美國的電腦配備來打擊商深，讓商深知道發達國家和發展中國家的差距，不料聽了商深的配備後，頓時啞口無言，過了一會兒才不以為然地說：

「不錯嘛，現在都用兩萬塊的電腦了，果然是成功人士！崔涵薇對你還真是不錯。不過我很想知道，能用得起兩萬塊電腦的成功人士，肯定要比畢京強很多了？」

如果畢京只在微軟工作，沒有額外收入的話，他肯定無法和商深相比，商深雖然現在還算不上真正的成功人士，但至少也是一家公司的CEO，不但有公司百分之十的股份，還和歷隊、文盛西、馬化龍以及張向西等人合作，只要互聯網浪潮洶湧向前，他的身家就會水漲船高。

「和他比什麼？」商深有意不提和畢京的一年賭約之事。

「為什麼不和畢京比？」范衛衛微微一笑，笑容意味深長，「做人就應該信守承諾，如果畢京勝了你，我就會履行諾言，當他的女朋友。」

「衛衛……」商深情急之下一把抓住范衛衛的胳膊，「你和我分手可以，但請你不要作賤自己。」

「我怎麼作賤自己了？」

范衛衛的臉色一寒，甩開商深的手，「商先生，我再提醒你一次，以後不要動手動腳，否則我會叫警察來！」

微一平復氣息，范衛衛又說：「我說話算話，當時是我自願充當你們的賭注，願賭服輸！」

「好。」商深也被激起了火氣，「如果我贏了呢？」

「你贏了，我們還是分手的結局；畢京贏了，我當他的女朋友，就這樣。」范衛衛目光堅定，語氣不容置疑。

「你決定留在國內加盟代俊偉的公司，是不是也有賭氣的成分？」商深聽出來了，范衛衛就是故意讓他難堪。

「隨你怎麼想。」范衛衛沒有正面回答商深，目光迷離地望向了遠處，「現在國內的互聯網浪潮雖然波濤洶湧，但在我看來，都不會形成氣候，以後只有代俊偉的公司可以引領潮流，所以你如果不加盟代俊偉的公司，你會錯失一個天大的機會。」

「你真的這麼想？」商深愈加覺得范衛衛的話太主觀，太咄咄逼人，「照你這麼說，代俊偉一回國，就會成為中國互聯網的領軍人物和領跑者，別人都會臣服在他的光芒之下？」

「是的，馬朵也好、馬化龍也好，包括張向西、王陽朝、向落等人，都和代俊偉差距太大了，要麼沒有出國留學的經歷，要麼沒有在國外ＩＴ公司從業的經歷，更沒有擔任過國外ＩＴ公司高級管理人員的經驗，不像代俊偉，在美國多年，接觸的都是最前端的技術，況且他本身就是掌握了專利技術的尖端人才，而且他還可以操作資本，一個集各種技能為一身的人一旦回國，就和蛟龍入海一樣，肯定龍騰四海，一統天下。」

范衛衛露出高人一等的姿態和高高在上的傲然。

或許現在的范衛衛才是真實的她，商深回想起和范衛衛的交往，雖然也偶而察覺到她有意無意流露出來的高人一等的想法，但她掩飾得很好，至少在他面前沒有太多的表現出來。現在的她比以前更成熟更有風範了，卻更多地表現出了盛氣凌人的傲慢。

是的，傲慢，如果說崔涵薇的傲然是自傲的話，是自己傲然而不輕視他人的高貴，那麼范衛衛的傲慢就是自視過高，視別人都低上一等的盛氣凌人。兩者有著本質的區別，自傲是自尊但不輕視別人，傲慢就是自尊的同時又看不起別人。

范衛衛盛讚代俊偉，商深沒意見，但盛讚代俊偉的同時卻又貶低他人，就落入了下乘。

他呵呵一笑：「雅虎也要進軍中國了，作為門戶網站的鼻祖，開創許多傳奇的雅虎，進軍中國之後就一定可以打敗中國本地的門戶網站嗎？」

「一定會。」范衛衛十分肯定地說道，「就和微軟一統天下一樣，雅虎只要進入中國，必定會所向披靡，無往而不利。」

「呵呵。」商深忍不住發笑，摸了摸鼻子，想說一番反駁范衛衛的話，覺得又沒必要，就讓時間證明一切吧。

一抬頭，正好路過八達集團的總部，他用手一指八達集團四個大字，「八達即將推出的興潮網肯定會阻止雅虎在中國擴張的步伐，或者說，興潮網、索狸網和絡容網三家網站其中的任何一家，都可以打敗中國雅虎。」

「盲目樂觀的人真可憐。」范衛衛語氣中滿是嘲諷，「聽你的口氣，好像美國的百年跨國集團會輕而易舉地被新興的小公司打敗一樣。」

「在互聯網時代，沒有國界之分，也沒有大小之分，企業不管實力大小和成立的時間長短，都站在同一個起跑線上。」商深背起雙手，笑問：「范小姐，你有數位相機嗎？」

「有，當然有了。」范衛衛想了想，「有一款柯達的數位相機，你也有？」

「我的是一款佳能的Power Shot Pro70，一百萬畫素，二點五倍光學變焦和兩倍數位變焦，ＴＴＬ自動調焦功能、自動曝光，兩吋彩色液晶螢幕，還可以進行每秒四幀最長五秒的動態影像拍攝……」

說到電子產品，商深如數家珍，「柯達是百年企業，也是跨國公司，但在數位相機領域，卻落後時代太多，也許未來有一天，柯達會死在自己發明的數位相機的大潮之中。」

「危言聳聽！杞人憂天！」范衛衛對商深的結論嗤之以鼻，「柯達現在還是膠捲業的龍頭老大，地位巍然不動，再過一百年也不會倒閉。」

「是嗎？」商深堅信他對柯達的判斷，在數位相機的大潮中，柯達落後了對手不是一步兩步，而是許多步。

在兩年前還信誓旦旦不進軍數位相機行業的柯達，在九八年時自食其言，也投產了數位相機。一九九八年不但是中國互聯網爆發的一年，也是數位相機蓬勃發展的一年。以前市場上將數位相機當成新鮮玩具，但在九八年時，所有人的觀念為之一變，數位相機替代膠捲相機，漸漸地成為主流。

一九九八年，百萬畫素的數位相機開始普及，成為市場的主流產品。當年推出的數位相機，不僅畫素大大提高，畫質也有了質的改進，不但功能更豐富，體積更小更便於攜帶，最重要的是，價格的下降，讓更多的消費者能夠接受。

只九八年一年內上市的數位相機就多達六十多款，有二十多個廠商加入其中，成為數位相機廠商百花齊放的一年。

先不提佳能、尼康等數位相機的大廠，就連一直對數位相機持抵制態度的柯達也被數位相機的普及嚇得唯恐落後時代太遠，趕忙推出第一款數位相機。中國的海鷗也緊跟時代潮流，推出了一款機型。

儘管柯達終於按捺不住，在時代潮流的帶動下，也投身到數位相機的大潮中，但在商深看來，柯達對數位相機的重視程度還遠遠不夠，不說柯達推出的產品沒有新意，功能又不夠強大，甚至連外觀也沒有精心設計，不好看也就罷了，許多功能鍵的放置也不合理。因而推出後消費者反應平平。

作為老牌的膠捲相機廠家，在數位相機的浪潮之中，明顯被排擠出了第一陣營。

范衛衛也背起了雙手，低頭走路，心情忽然平靜許多。剛見商深時，她心中對商深滿是怨恨，經過剛才的一番對話，她才意識到，她和商深原本就不是一路人。不但在許多問題的看法上有分歧，在對未來的看法上也有相當遙遠的距離。

「我最後再和你確認兩個問題。」范衛衛站住了，「一，你加不加盟代俊偉的公司？二，和畢京的賭注，還算不算數？」

離日本料理店只有一百米的距離了，她意興闌珊，不太想和崔涵薇、徐一莫一起吃飯了。

「加盟可以，但不是排他性的合作方式。和畢京的賭注算不算數，由你說了算，因為賭注是你。」商深對范衛衛不時流露出性格中強勢的一面，感覺不太舒服，不過話說回來，她的強勢性格和代俊偉喜歡百分之百掌控一切的做法還真是契合。

「好。」范衛衛抬手看了看手腕上的寶格麗女表，嫣然一笑，「晚上我還有事，就不一起吃飯了，我們保持聯繫。」說完，和商深握了握手，伸手招了輛計程車，揚長而去。

商深站在原地，愣了片刻，搖頭笑了。

此時夜幕降臨，城市的燈火依次點亮，彷彿是一場燈光的盛宴。站在行人匆匆的大街上，商深忽然有一種不知今日何日的迷離感。

他曾經多少次想像和范衛衛再度重逢的情形，沒想到真的重逢了，不但和夢境全不相同，而且物是人非，全然沒有曾經的心動感。

是他的錯，還是時間的錯？商深仰望星空，可惜被城市燈光污染的夜空已經看不到星星了……他回答不了自己。

商深並不知道，范衛衛在上了計程車後，一直回頭張望，當她看到商深站在原地不動，神情凝重並且思慮重重的時候，她的眼眶溫潤了。

變幻不定的燈光在她的臉上閃動，就如一個個迷幻的夢境。當她眼中的商深越來越遠，逐漸被夜幕迷糊了面孔之後，她的眼淚終於滴落了下來。一切，就這麼遠去了，再也沒有從頭再來的可能了。

范衛衛擦乾了眼淚，暗暗告訴自己說，這是你最後一次為商深流淚了。

來到日本料理店裡時，崔涵薇、徐一莫已經等候多時。

見商深一人到來，徐一莫張大嘴巴，搖頭嘆息：「還是薇薇聰明，她說范衛衛應該不會來，我還堅持范衛衛既然答應了，肯定會來，結果果然被薇薇猜中了。范衛衛為什麼不來了？」

商深搖搖頭：「她不想來就算了，不必勉強。」

「她說話不算話。」徐一莫不高興地噘起了嘴巴，拉著商深坐在崔涵薇的旁邊，「她肯定是不願意見薇薇，怕在薇薇面前自慚形穢。」

「不要這麼說衛衛，她是個好女孩，上次在深圳，她很照顧我們，我們應該記得她的好。」崔涵薇伸手撫摸商深的胳膊，「你們聊得還好嗎？」

崔涵薇平靜的表情下，其實在努力克制自己幾乎按捺不住的情緒，當她聽到范衛衛突然回國並且和商深不期而遇時，險些控制不住在第一時間立刻衝到范衛衛和商深面前，阻止他們重歸於好的衝動！

還好徐一莫在電話裡對她說了句話，讓她瞬間冷靜下來：

「你不出現其實比出現更有殺傷力。你出現，范衛衛會覺得她比你在商深的心目中更重要，她就有了心理優越感。你還不如提出請她吃飯，如果她不同意，證明她心虛；如果她同意，正好坐在一起當面說個清楚。」

崔涵薇一想也是，現在商深情感的天平已經明顯向她傾斜，她又何必如此患得患失？何況范衛衛和商深的一刀兩斷，又不是她插足所造成，是范衛衛自己提出分手的。

范衛衛答應她的吃飯之約，一開始她還覺得有幾分意外，范衛衛倒也大方，還真想和她當著商深的面談談不成？後來一想，恐怕范衛衛最終不會赴約，畢竟時過境遷，以范衛衛的驕傲，既然是她主動提出和商深分手，除非商深不顧一切地想要挽回，否則她不會主動回到商深的身邊。

范衛衛的驕傲和她的高傲不同，雖然崔涵薇和范衛衛並不熟識，但她自認她算了解范衛衛，范衛衛骨子裡有一股高人一等的傲氣，平常掩飾得很好，但一旦觸及到她的底線，她的傲氣就會成為她的保護色，將她團團包裹。而且她的傲氣會向外散發，如一把利劍一般，會傷人。

劍不同於刀，劍是雙刃，傷人也會自傷。以范衛衛的驕傲和自認高人一等的清高，她肯定不會主動向商深低頭。那麼商深會不顧一切地想要挽回嗎？

崔涵薇認真分析了一下，得出的結論是：不會！

商深也是一個驕傲的人，這一年來，范衛衛不管商深怎麼和她聯繫，都是音訊全無。相信商深即使沒有對她徹底死心，基本上也對她斷絕了念想，除非她透露出想和商深再續前緣的意思。

商深不是一個死纏爛打的人，他對范衛衛一直念念不忘，一是還有一個一年賭約的原因，二是他希望范衛衛向他當面說分手。

想通了之後，崔涵薇反而冷靜下來，一個人先來到日本料理店等徐一莫和商深、范衛衛。

結果和她猜想的一樣，最後現身的只有商深一個人。

「已經點好東西了，你還要再點什麼嗎？」

崔涵薇注意到商深雖然表情微有幾分沉重，不過情緒還不算太低落，就放心了，知道商深並沒有因范衛衛的出現而太影響心情。

「不用了，我吃東西很隨意，你又不是不知道，你們點什麼我吃什麼。」商深挽了挽袖子，哈哈一笑，「再來點日本清酒就更好了。」

「行，」徐一莫招呼服務員，「來瓶清酒。」

商深坐在崔涵薇和徐一莫中間，享受著兩大美女的服務，還沒喝就醉了。

崔涵薇和徐一莫從小一起長大，知道徐一莫是隨心所欲的性格，對她沒有提防之心；當然她更放心的是商深，商深是個輕易不會愛上別人的人，但一旦愛上了，也不會輕易說放手。

清酒度數雖然不高，商深喝了一瓶，仍有幾分醉意。其實平常他很少喝酒，今天的酒是有特殊意義，是為了祭奠他和范衛衛曾經的愛情。

是的，曾經的愛情。在和范衛衛見面前，商深還以為他和范衛衛有重歸於好的可能，但現在他清楚了一個事實，他和范衛衛漸行漸遠，即使二人之間沒有范長天和許施的阻撓，他和她在許多事情上的看法不同，也是二人走到一起的最大障礙。

在錯誤的時間遇到錯誤的人，人生就好比考試，總有做錯題的時候，沒有人會一直得滿分。

# 第十章
# 三劍客

他堅信，在中國互聯網的大潮之中，雖然他和張向西、王陽朝並列為三劍客，
但依然有許多真正的高手刻意沒有揚名在外，
實際上藏身不露的高手才是整個時代前進的最大動力。
商深以後肯定會是其中之一。

「來，我陪你喝。」徐一莫心知商深心情有些低落，又叫了瓶清酒，倒滿一杯，「你說怎麼喝就怎麼喝。」

「我也陪你，只要你高興就好。」崔涵薇也為自己倒了一杯，高高舉起，「商深，送你一句話——悟已往之不諫，知來者之可追，實迷途其未遠，覺今是而昨非……」

「什麼話這麼深奧？」徐一莫醉眼朦朧，呆呆地問道。

其實她知道這是陶淵明《歸去來辭》中的句子，接口道：

「薇薇，你不如說——棄我去者，昨日之日不可留；亂我心者，今日之日多煩憂。」

商深哈哈大笑，左手抱住崔涵薇，右手抱住徐一莫，放聲而歌：

「抓不住愛情的我，總是眼睜睜看它溜走。世界上幸福的人到處有，為何不能算我一個？為了愛孤軍奮鬥，早就吃夠了愛情的苦，在愛中失落的人到處有，而我只是其中一個……」

崔涵薇和徐一莫也和商深搖頭晃腦，一起唱了起來：

「愛要越挫越勇，愛要肯定執著。每一個單身的人得看透，想愛就別怕傷痛。找一個最愛的深愛的想愛的親愛的人，來告別單身。一個多情的癡情的絕情的無情的人，來給我傷痕，孤單的人那麼多，快樂的沒有幾個，不要愛過了錯過了留下了單身的我，獨自唱情歌……」

在歌聲中，商深眼神迷離，曾經過去的就永不再回來，在這一刻，他做出了一個重大的決定，從此以後，要好好和崔涵薇在一起，珍惜她，愛護她，守護她。

「薇薇……」商深俯身到崔涵薇耳邊，第一次叫她薇薇，「從此以後，我全心全意只愛你一個人。」

崔涵薇笑著唱著，幸福的眼淚洶湧而出，這一刻，她等得太久了。然而她知道，人生永遠沒有太晚的開始。

後來又要了一瓶清酒，三人喝完，商深醉意上來，要去洗手間，徐一莫也喝多了，非要扶著他去。崔涵薇帶著幾分醉意，衝兩人擺了擺手，讓二人隨意。

商深想推開徐一莫，徐一莫卻不肯放手，抓住他的胳膊不放，說道：

「你別亂動，我不扶你，你就撞牆上了。」

「胡說，你哪裡是扶我，你分明是拉著我。你走開，太礙事了。」商深跌跌撞撞地一路往洗手間走去。

到了洗手間門口，徐一莫還不放手，他用力一推徐一莫，「我要去男廁，你也要跟進來是不是？」

徐一莫被商深推得身子一晃靠在牆上，她半睜半閉著眼睛，伸手摸了摸自己的臉，嘻嘻一笑：「我的臉怎麼這麼燒，是不是被你親了？商深，你還我清白。」

洗手間人來人往，都用戲謔的目光盯著商深和徐一莫。

商深被盯得不好意思，揮了揮手：「你胡說什麼？我有女朋友了，她還是你的閨蜜，我怎麼可能當著她的面親你？」

此話一出，更是引發無數人的笑聲，商深捂住嘴，知道酒後失言了，忙瞪了徐一莫一眼，進了洗手間。

出來後，發現徐一莫還在。雙頰飛紅的徐一莫靠在牆上，雙手在身前擺弄玩手指。他伸手一拉徐一莫：「走了，別玩了，該回去了。」

「不。」徐一莫酒意上湧，醉眼迷離地說：「你是誰呀？幹嘛要拉我？我不認識你。」

商深雖然喝多了，頭腦卻還保持清醒，沒想到徐一莫醉得連人都不認得了，他唯恐徐一莫醉倒在洗手間門口就太丟人了，向前一步，伸手抱住徐一莫的肩膀，「一莫，我是你的商哥哥，你再胡鬧，小心我收拾你。」

「什麼商哥哥，我真的不認識你。」徐一莫一臉驚恐，用力推開商深，「臭流氓，大色狼，你離我遠一點！」

徐一莫聲音過大而且表情過於逼真，頓時吸引許多人的注意。

和大多數人只是圍觀並且抱著看熱鬧的心態不同的是，有兩個男人一前一後圍了過來，將商深包圍在中間。

兩個男人一個年約三十四五歲，長頭髮，單眼皮，瘦圓臉，和他冷峻目光不相稱的，是一臉的丘壑——應該是青春痘留下的痕跡。

另一個看上去不到三十歲的樣子，圓臉，小眼，大鼻子，也是長髮，戴一副眼鏡，胖乎乎的樣子。

二人一左一右分別站立在商深的兩旁，單眼皮男冷喝一聲：「放開她。」

商深轉身看了看對方：「多管閒事。」

「放開！」單眼皮男又重複了一句，伸手抓住商深的胳膊，「你還是不是男人？人家都說了不認識你，你怎麼還這麼不要臉？」

「我不要臉?!」商深不知道哪裡來的勇氣，掙脫了對方的手，一把將徐一莫抱在懷裡，「好吧，就算我真不要臉，你管得著嗎？」

徐一莫被商深抱住，乖巧得像一隻小鳥，一聲不吭，將頭埋在商深的懷中，微微閉上了眼睛，很享受眼下的一刻。

只不過她的享受沒能讓多管閒事的二人看到，二人見商深如此狂妄，一左一右同時拉住商深的胳膊，硬生生將商深拉到一邊。

「我還真就管得著了。」單皮眼男人朝同夥使了個眼色，二人再次發力，將商深拖到了走廊上，「立馬向這位小姐認錯！」

「我要是不認錯呢？」商深不驚慌，反而笑了，酒也醒了大半，見徐一莫躲在洗手間門口偷樂，他嘿嘿一笑，「你們想英雄救美，見義勇為挺身而出打我一頓還是怎麼著？」

眼鏡男比單眼皮男有眼色，發現不對，小聲說道：「陽朝，可能我們管錯了，他們好像真的認識，你看……」

他用手一指在洗手間門口偷笑的徐一莫：「人家是在打情罵俏，我們卻狗拿耗子多管閒事，太他媽丟人了。」

「嘻嘻，算你們聰明。」徐一莫見事情敗露，也不假裝躲閃了，跳了出來，一把拉過商深，「他是我的商哥哥，不好意思，謝謝你們的見義勇為，你們是好人。」

「好人？」單眼皮男人摸了摸鼻子，自嘲地笑了，「我怎麼聽上去你的話像是諷刺？」

商深呵呵一笑，主動伸手和對方握手：「真不好意思，她太愛鬧了，讓你們上當了。我向你們道歉。」

「道歉就不必了。」單眼皮男人揮了揮手，下意識多看了徐一莫一眼，「你女朋友真不錯，長得漂亮，身材又好，性格也不錯，和她在一起，肯定不會悶。你很有福氣，小夥子。」

「謝謝。」

商深本想說徐一莫不是他的女朋友，不過徐一莫卻乘機抱住他的胳膊，還把頭靠在他的肩上，話到嘴邊就又咽了回去。

「如果我能有這樣一個女朋友，我一定幸福得上了天。」單眼皮男人無比羨慕地說道，拍了拍商深的肩膀，「小夥子，珍惜眼前的幸福，否則等你失去的時候你才知道，原來眼前的幸福才是真正的幸福，未來的幸福都不屬於你，也不可靠。」

聽到單眼皮男人發出的由衷的感慨，目測他才三十四五歲的年紀，商深心想莫非他在感情上受過什麼傷，否則怎麼會有這麼深刻的人生感悟？

不等商深再說什麼，單眼皮男人轉身就走，只留給商深一個毅然決然的孤單的背影。

「商深、一莫，你們沒事吧？」

崔涵薇等了半天不見二人回來，以為二人出了什麼事，出來尋找二人，見二人站在走廊，衝二人擺手。

走了幾步的單眼皮男人忽然一下站住了，回頭看向商深：「你就是商深？不對，應該說你就是電腦管理大師和螞蟻搬家的作者商深？」

商深從來沒有覺得他的名氣會大到和明星一樣，不管走到哪裡都有人認識，但對方又確確實實知道他，他謙虛地一笑：

「我是商深，請問您是？」

「我是王陽朝。」王陽朝大步流星來到商深面前，和商深握手：「上次和杜子清說過一次，說找個機會和你見面聊聊，誰知道時間一直不湊巧。等我有時間的時候，杜子清又辭職了，想聯繫你聯繫不上。我就想，也許是我們真的沒有緣分，沒想到在這裡遇到了你，哈哈，天意，天意呀。」

原來是索狸網的創始人兼CEO王陽朝，商深既驚且喜，王陽朝在IT

業是大名鼎鼎的人物，就目前來說，別說馬化龍、歷隊遠遠不能與之相比，就連馬朵相比之下也是黯然失色。現在的索狸網蒸蒸日上，已經隱隱具備問鼎國內第一門戶網站之勢。

「王總。」商深熱情地握住了王陽朝的手，「幸會，真是幸會。」

「確實是幸會，難得的幸會。」王陽朝為商深介紹眼鏡男，「他的名字你肯定也聽過，向落。」

向落？不是吧，絡容網的向落？

商深幾乎不敢相信自己的耳朵，今天是什麼日子，怎麼互聯網的風雲人物在一天之內全部出現了，彷彿是為了共同趕赴一個聚會一樣，如此風雲際會的今天，強烈的興奮和喜悅衝擊得他幾乎手舞足蹈。

「王陽朝，一九八六年畢業於清華大學物理系，一九九三年在麻省理工學院獲得博士學位後，在麻省理工學院繼續博士後研究。一九九六年八月手持風險資金，回國創建愛特信公司，公司於一九九八年正式推出其品牌網站索狸網，同時更名為索狸公司。」

一口氣說完王陽朝的簡介，商深又朝向落投去仰慕的目光。

「向落，一九九三年畢業於成都電子科技大學，一九九七年六月創立絡容公司，與王陽朝、張向西並稱為網路三劍客。一九九五年，向落從寧波電信局辭職，來到廣州發展。一九九七年五月，在廣州成立絡容公司，推出絡容網站。一九九八年，將絡容的電子郵箱系列以一百萬的價格售出。但直到今年六月，絡容才意識到門戶網站的前景，改版成門戶網站的雛形，訪問量激增。」

商深的話頓時驚呆了王陽朝和向落，二人面面相覷，愣了半天才哈哈一笑：「商深，你簡直太厲害了，在你面前，我們完全沒有隱私了。」

商深也哈哈大笑：「網路本就是一個沒有邊界沒有隱私的世界，王總，向總，能認識你們，太榮幸了。」

在王陽朝和向落面前，他不管是年齡還是目前在互聯網的江湖地位都遠不如二人，二人不但是前輩，也是領軍人物，商深對二人既崇拜又恭敬。

每個人的成長道路上，都會有偶像和嚮往的人物，商深也不例外。別說，他和馬朵、馬化龍、歷隊、文盛西交往時，不覺得幾人是前輩，但卻認可張向西、王陽朝和向落是前輩。不但是他認可，三人也是公認的中國互聯網的開拓者和領軍人物，網路三劍客之稱，並非浪得虛名。

「能認識你，也是我們的榮幸。」向落的笑容很憨厚很純樸，和商深還真有幾分相像，他回頭看了崔涵薇一眼，又看了看徐一莫，羨慕加玩笑地道：「都是你女朋友？」

商深不好意思地笑了：「都是女性朋友。」

重新回到房間，又點了菜加了酒，商深和王陽朝、向落坐在一起，暢談現在和未來。

「來，商深，我敬你一杯。」

王陽朝對商深的好感先是因商深所起的索狸的名字，當時他雖然也聽說過商深的名字，卻並沒太多留意商深此人，只當商深是眾多曇花一現之中的又一個天才程式師，在中國，天才程式師大多數就如流星一般一閃而過，從此再無蹤跡。

後來聽杜子清多次說起過商深的事蹟，他漸漸就對商深多加了留意，作為不是技術出身的他，其實對技術出身的人才並不是十分看重，因為在他認為，技術出身的人通常情況下會被技術思維所限，成就不會太大。

但後來電腦管理大師和螞蟻搬家兩款軟體的大獲成功，讓他對商深刮目相看，先不說軟體的演算法和應用——他從來不從技術架構上去解析一款軟體，那是技術人員的事——只說軟體精確的市場定位和簡單易用的操作介面，以及用螞蟻搬家來帶動電腦管理大師下載量的連鎖下載模式，就讓他意識到商深不但是一個軟體天才，也是一個商業運作天才。

在王陽朝看來，商業運作的難度要遠大於技術上的難度，就如他，從來不是技術天才，卻是一個資本運作高手，在國外帶著風險投資回國，認準了方向，讓無數技術人才為他所用，大方向始終掌控在他的手中，他就是唯一的王者。

既有技術才能又有管理才能，同時還有商業運作才能的人，不能說絕無僅有，也是鳳毛麟角。商深有沒有管理才能他不知道，但商深卻同時具備了技術才能和商業運作才能，在他眼中就已然是極其罕見的人才了。

如此人才，如果不親眼一見不結識一番，豈非憾事？只可惜杜子清離開索狸後，他和商深聯繫的管道就中斷了，一直讓他引為憾事。

卻沒想到，竟然在日本料理店吃飯的時候，一時路見不平想要拔刀相助，陰錯陽差和商深不期而遇，這讓王陽朝驚喜之餘不由感慨，在恰逢其時的年代，在互聯網風雲激蕩之時，所有時代的弄潮兒在該相遇的時候總會相遇。

因為，風雲際會的人，都是時代的精英！

和王陽朝見到商深時既驚又喜微有不同的是，向落的心情要稍微平靜幾分，但在平靜之中，卻又有難以壓制的欣喜之意。

是的，性格內斂的向落克制了喜形於色的情緒流露，將英雄惜英雄的喜悅深藏於心底。他比王陽朝更早聽說商深的大名，早在商深為八達修復中文處理軟體時，他就知道了商深的事蹟，因為他和仇群是無話不談的好友。

正是通過仇群之口，向落知道了作為一顆冉冉升起的新星，商深遲早會在互聯網大潮來臨之時大放光彩，成為風雲際會的豪傑之一，不，應該是雄踞一方的諸侯之一。

其實如果不是礙於仇群的面子，向落早就想挖商深加盟他的絡容公司，只是他多次聽到仇群暗示說張向西很想讓商深在即將上線的興潮網擔任核心管理人員，和資本雄厚的興潮網相比，他的絡容網實在是不管是實力還是前景，都差距明顯，他不好意思開口邀請商深加盟。

此事，他一直引為憾事。

到後來商深自己創辦了公司之後，他就更加知道商深不可能再加盟他的絡容了。在商深的施得公司成立半年之後沒有什麼動靜和發展之後，向落又不無安慰地想，或許商深不如仇群描述得那麼優秀，為八達修復了中文處理軟體，說不定只是瞎打誤撞的巧合。

然而螞蟻搬家和電腦管理大師兩款軟體的橫空出世，和石破天驚一般的成功，終於讓向落徹底信服了商深，商深還真是繼王江民、仇仲子之後，又一個天才般的程式設計高手。

當然，商深在兩款軟體互相推進互為連接的推廣手法，也讓向落看出了商深在營運上面的天賦，他心中遺憾遍地，可惜了，太可惜了，商深如果加盟他的絡容，至少會讓絡容的發展比預期提前半年上市。

同時向落也深深的感到，現在真是一個英雄輩出風雲際會的時代，一個個閃亮的名字就如流星雨一般點亮了夜空，推動了中國互聯網商業化的歷史進程！

他堅信，在中國互聯網的大潮之中，雖然他和張向西、王陽朝並列為三劍客，但依然有許多真正的高手刻意沒有揚名在外，實際上藏身不露的高手才是整個時代前進的最大動力。商深以後肯定會是其中之一。

能夠和商深見面並且坐在一起吃飯，雖然商深比他還小上幾歲，而且目前的成就還遠不如他，向落卻有一種發自內心的榮幸感。

「來，商深，我敬你一杯。」向落舉杯向商深示意，「我相信，在中國互聯網商業化的進程中，你絕對會是一個至關重要的人物。」

商深被向落的恭維嚇了一跳，忙回敬了向落：「向哥是要捧殺我？我志向沒那麼遠大，只希望投身到互聯網的浪潮之中，就算沒有傲立潮頭的機遇，能夠成為其中躍出水面波光閃閃的一朵浪花，就已經足夠了。」

「哈哈，太謙虛了。」王陽朝用力一拍商深的肩膀，「我和向落都不懂技術，不會程式設計，但我們相信我們的眼光。國內ＩＴ行業現在湧現的傑出人物也不少了，許多都比你有名也比你有成就，但我和向落卻一致認為，你早晚會超越他們，成為一個一怒而天下懼、安居則天下熄的超然於世的高人。」

「我聽說過一句話，」商深沒有被向落和王陽朝的盛讚而衝昏頭腦，相反，反倒比平常更清醒，「男人在酒桌上的話和女人在床上的話一樣，都不可信。因為，一個是醉話一個是情話。」

「哈哈，妙。」王陽朝大笑，「男人的醉話不可信，我認同。女人的情話不可信，是什麼道理？商老弟，你受過女人的傷？」

徐一莫掩嘴一笑：「他沒受過女人的傷，相反，他倒是傷過不少女人。」

「別插嘴，沒你什麼事。」

商深回身批評了徐一莫一句，見徐一莫身邊的崔涵薇粉面如花，雙眼如水如霧，不由心中一動，險些失控，忙收回心神，他的一顆心徹底從范衛衛身上抽出最後的念想後，至此已經全部寄託在崔涵薇的身上了。

往事不可追，他和范衛衛終於還是成了過去式了，想到此處，他舉起酒杯：「王哥、向哥，我敬你們一杯，希望在不久的將來，你們的網站都在美國的納斯達克上市成功。」

三人碰杯，一飲而盡。

「對於目前國內的互聯網形勢，商深，你怎麼看？」王陽朝拋出了一個難題，想考考商深對下一步互聯網發展趨勢的分析。

「嗯……」商深微一沉吟，身子朝後靠了靠，無意中碰到了崔涵薇的膝蓋。

崔涵薇稍微用力，膝蓋頂住了商深的後腰，商深有了靠背，大感舒服，側身看了崔涵薇一眼，見她目光中充滿了期待之意，心中再次大動，回身悄悄捉住了崔涵薇的手。

小手一經入手，滑膩而清涼，美感超出想像，商深輕輕用力，有一種要將崔涵薇的小手揉碎在手心的衝動。

崔涵薇也不反抗，任由商深緊緊將她的小手握在手心，感覺到商深手裡的溫柔，心中柔情無限，有一個旋律一直在心中迴響——我牽著你的手，牽著你到白頭，牽到地老天荒，看手心裡的溫柔。

商深和崔涵薇的小動作，王陽朝和向落沒有察覺，徐一莫卻看得一清二楚，她假裝不知，悄然一笑，趁人不注意一把拉開了崔涵薇的手，自己替補了上去。

崔涵薇被徐一莫的調皮逗樂了，也沒阻止她，任由商深抓住徐一莫的手。商深渾然不覺，也沒回頭，還以為握住的還是崔涵薇的手。

「未來是門戶網站的天下，但除了門戶網站之外，類型網站也會有超出想像的發展。還有，我認為搜尋引擎早晚會大行其道，影響力甚至會超越門戶網站。」商深又想起了代俊偉，一想到代俊偉，范衛衛冰冷的表情就又再次浮現在了眼前。

「類型網站以後能不能崛起先不討論。」王陽朝接過了話頭，他微一思索，「現在門戶網站都融合了搜尋引擎，不管是我的索狸還是向落的絡容，單一的搜尋引擎網站會有市場？對了，說到索狸的名字，我還沒有感謝你呢，商深，你想要多少報酬？」

商深擺了擺手：「一個名字而已，不值得一提……單一的搜尋引擎會不會有市場，現在不好下一個結論，但我卻很看好搜尋引擎的未來。代俊偉……你們知道他是誰嗎？」

作為不是技術出身、不是十分關注ＩＴ行業最前沿技術的王陽朝和向落，都沒有聽過代俊偉的名字，二人一起搖頭。

「代俊偉是超鏈分析技術的發明者，是互聯網搜尋引擎領域的專家，在搜尋引擎領域，他在世界上的排名可以在前三之內，不，甚至是第一。他想將搜尋引擎商業化，現在正在籌備回國創業事宜。」想起代俊偉希望百分之百掌控一切的掌控欲，商深心中微有感觸，和馬朵天馬行空的思維以及馬化龍合作共贏的思路相比，代俊偉更偏向傳統和保守，雖然他作為海歸有過留學經歷，應該受西化的影響更多一些，但或許是性格的原因使然，他其實是一個很傾向於帝王統治的創業者。

當然，話又說回來，每一個創業者都是一個帝王，只不過有人喜歡說一不二，有人喜歡兼聽則明。

「代俊偉？好，回去我查查他的背景資料。」

王陽朝嘴上這麼說，其實並沒有將代俊偉放在心上，在他的視線範圍之內，可以威脅索狸的只有向落的絡容以及即將成立的興潮，對，還有有可能進入中國的雅虎，除此之外，馬朵和馬化龍等人，還不夠資格和他相提並論。

「商深，就你看來，目前國內互聯網的風雲人物，誰最後會成為帝王？」向落也有意測試一下商深的大局觀以及他對中國互聯網現狀的真實看法。雖然以目前的形勢來看，絡容蒸蒸日上，索狸迅速崛起，放眼國內暫時還沒有對手，但他也心裡清楚，國內互聯網的至高點爭奪大戰，才剛剛開始，不提即將加入的興潮網，就是在背後醞釀之中隨意準備殺入門戶網站行業第一之爭的幕後力量，也不知道有多少。

此時的中國互聯網大戰才剛剛開始，正是硝煙四起群雄逐鹿之時，最終鹿死誰手還未可知。現在一時的領先，不等於可以笑到最後。互聯網是一個瞬息萬變的世界，向落希望可以緊隨時代潮流，不停地奔跑，直到跑贏了整個時代的同行者為止。

「誰會成為帝王還真不好說，」商深從背後抽回了手，完全沒有察覺後來手中的小手已經換了一個人，他揉了揉手腕，回頭朝崔涵薇悄然一笑，「不過我看好馬朵、馬化龍、文盛西、歷隊和代俊偉幾個人。他們之中，或許有人會成為帝王，或許有人會成為諸侯。」

「馬朵、馬化龍、文盛西、歷隊和代俊偉？」

王陽朝微微皺眉，並沒有因為商深心目中的帝王沒有他而不快，只是他不理解商深的名單，「除了馬朵、歷隊之外，別人我都沒有聽說過，這都是你的朋友吧？商深，你不能因親廢公呀。」

向落也不贊成商深的結論：

「確實，你說的這些人，既不是行業內的技術高手，又不是已經闖出名堂的成功者，除了馬朵有過成功的中國黃頁、歷隊是銀峰軟體的總經理之外，別人都是無名小卒，如果說現在的無名小卒以後會成為互聯網的帝王和諸侯，會不會太神話了？」

「呵呵，互聯網本身就是一個締造神話的舞臺，是一個讓無名小卒和草根創業者名滿天下、功成名就的平臺。」

商深並不想說服王陽朝和向落，王陽朝的創業之路是正統的風投創業，向落的創業雖然前期比較艱難，但很快就走向了正軌，二人的創業艱辛比起馬朵來說，可謂平坦多了。

夜色已深，雖然還有許多話題想聊，但王陽朝卻不得不和商深握手言別，他還是念念不忘索狸名字的事：「下次再約，我一定好好請請你，要不這樣，有什麼合作的機會，你儘管說，我欠你一個人情，免費提供你三次無償宣傳的機會。」

「好呀，這個機會我記下了。」商深知道王陽朝是出於真誠，就愉快地接受了王陽朝的饋贈，又轉頭對向落說道：「向哥，你決定搬回北京絕對是英明的決定，北京才是互聯網創業者的大本營，機會多，資源多，人才多。」

「你覺得絡容除了繼續走門戶網站的道路之外，還可以著重哪方面的發展？」

向落清楚在創業為王的時代，有時一個想法就可能成就一家企業，他希望和商深的對話可以碰撞更多智慧的火花。

「絡容的電子郵箱系統比別家要強上不少，在郵箱之外，還可以開發虛擬社群、網路相冊、電子賀卡等等可以留住使用者的網路娛樂系統，在以後，網路遊戲也許會帶動互聯網商業化的另一個高峰。」

商深和盤托出自己對未來互聯網前景的想法，絲毫沒有隱瞞。

向落心中感慨，不管是哪個行業，最開始拼技術，發展階段拼人才拼實力，在最後奠定勝負的決勝局時拼人品，商深有技術，還有商業運作頭腦，日後必成大器。

商深有如此知無不言言無不盡的氣量，他也不能讓商深小瞧，於是呵呵笑道：「假使有一天我剽竊了你的想法並且獲得了成功，商深，我就算不付你報酬，也一定會欠你人情。人情債到底怎麼還，到時你說了算。」

深夜的北京街頭，人流已經稀少了，城市陷入了半睡半醒的夢中。商深開車回家，徐一莫已經歪倒在後座沉沉睡去，只有崔涵薇還強打精神陪他。

商深卻毫無睡意，今天發生了太多事，一幕幕一齣齣如走馬燈一般在他腦中轉來轉去，代俊偉的強勢，范衛衛的冷漠，王陽朝的熱情，向落的冷靜，不停地在他的腦海之中閃現，讓他感受到了風雲激蕩的迫切和風雲際會的時代氣息。互聯網浪潮越來越洶湧澎湃了。

回到家，崔涵薇和徐一莫共睡一屋，商深依然睡在次臥。由於醉酒的原因，崔涵薇和徐一莫沖澡後就直接睡下了，誰也沒有再和商深打鬧，商深正好落得清靜。

商深卻還是睡不著，或許是喝了太多咖啡的緣故，他站在窗前打開窗戶，任夜風輕輕吹拂，心緒難平。一道閃電閃過，一陣雷聲由遠及近在頭頂炸響，隨後下起雨來。

雨水帶來了清新和清涼，讓商深精神為之一振。很久沒有雨夜聽雨的雅興了，想起小時候，每當下雨之時，聽著窗外淅淅瀝瀝的雨聲，彷彿身心和天地融為一體，是那麼的放鬆，那麼的舒適，那麼的愜意。

隨著年歲的增長以及為了事業而奔波，許多最簡單最單純的快樂都遺失在了歲月之中。很多時候我們被功成名就的光環吸引，卻忽視了最容易獲得的快樂。

商深的身心沉浸在了天地之間的風聲雨聲之中，范衛衛的回歸帶來的心緒上的波動和心靈上的衝擊，都在天地的大美之中化為了烏有。

一周後。

時間進入到六月下旬，天氣愈加炎熱，盛夏即將來臨。伴隨著盛夏一起來臨的，還有一場悄無聲息的戰爭正在沒有硝煙的戰場上演。

經過一周的緊張忙碌，第三版的電腦管理大師軟體正式更新完畢，就等商深一點滑鼠上傳，就會全面推向市場。商深已經將軟體上傳到後台，卻遲遲沒有點下發送的選項，一旦發送，就會被幾十萬網民紛紛下載。

「你還在擔心什麼？」

崔涵薇出門忙碌了一天，快下班的時候回到公司，見商深坐在電腦面前發愣，知道他還有一絲猶豫不決。

「你是對事不對人，不要總想著葉十三會對你有什麼看法，即使是你不針對他，他早晚也會針對你。」

商深嘆息一聲，最新版的電腦管理大師中加入了可以卸載中文上網外掛程式的功能，一旦上傳到網路上，等於是他正面向葉十三宣戰了。

「明天上傳。」

商深思忖了片刻下定了決心，對葉十三他總是過於遷就，實際上以他的性格，不管是葉十三還是別人，只要侵害了用戶利益，綁架了用戶的使用習慣，就是電腦管理大師清理和清除的對象。

「這才是我喜歡的商深。」崔涵薇欣慰地笑了，笑容中，微有一絲疲憊，「對了，最近抽個時間跟我去家裡一趟，見見爸媽，他們說想和你聊聊。」

「可以。」商深也想見見傳說中的崔明哲夫婦，還想再說幾句什麼，手機響了。

「是范衛衛的電話吧？」

崔涵薇最近事情很多，有些心煩，也沒顧上去想范衛衛還在北京，不過她也知道防不如疏，范衛衛以後要長待在國內，而且是常駐北京，她能天天防賊一樣防著范衛衛和商深？

一周來，范衛衛和代俊偉都是音訊全無，商深一看來電是一個陌生的號碼，笑道：「不會吧？她也許都回美國了。」邊說，邊隨手接聽了電話，話筒一端傳來一個既熟悉又陌生的聲音。

「商先生，你好，我是范衛衛。」

女人的直覺一向這麼靈嗎？商深嚇了一跳，下意識看了崔涵薇一眼。崔涵薇輕鬆自若地笑了笑，轉身出去了，她要留給商深和范衛衛單獨對話的空間。

真是一個聰明的女孩，商深暗嘆一聲，崔涵薇越是大度，他反倒越是喜歡她的自信和懂事。男人喜歡溫柔體貼的女孩不假，卻又不喜歡過於溫柔體貼以至於事無巨細都要過問的女孩。

聰明的女孩都很有分寸，進退有度，既是為男人留一個可以自由飛翔的空間，也為自己留一個可以存放美好的地方。

「范……小姐。」商深咳嗽一聲，總覺得稱呼范衛衛為范小姐有幾分彆扭，「有何指示？」

「有件事要和你商量一下。」范衛衛微一停頓，似乎在猶豫要不要說出口，過了一會兒，她又深吸了口氣說道，「我剛才見過畢京了。」

商深為之一驚，范衛衛如果為了和他賭氣而非要和畢京發生什麼事情的話，也太傻了，就算范衛衛恨他，也犯不著化對他的恨意為對畢京的愛意，誰會拿自己的幸福開玩笑？

「我和畢京談過了，一個月後，你們約個地方見面，我到時也會參加，你們憑實力定勝負，我根據你們的勝負決定我的人生歸屬。」范衛衛的語氣是不容置疑的堅定，「請你做好前期準備，到時生死莫怪。願賭服輸，說話算數。」

沉默了片刻，商深艱難地說道：「真要這樣嗎？這樣好嗎？」

「人生哪裡有好不好的選擇，只有行不行的決定。」范衛衛輕輕咳嗽了一聲，「如果到時你不到場，就是棄權，就是認輸了，不會改變什麼。當然，如果你勝了，我也會答應做你的女朋友，不過會當場宣布和你分手。」

「如果畢京勝了呢？」

「那就和你沒有關係了，你沒有必要知道。對了，還有一件事要告訴你，我已經正式和代俊偉簽署了協議，作他的全權代理人，在他回國前，我負責公司籌備的所有工作。經過我的慎重考慮，公司暫時不和你合作，謝謝你對本公司的支持。」

「很遺憾。」商深也公事公辦地說了句官方客套話，「希望有機會再合作，再見。」

「再見。」

范衛衛沉吟一下，似乎還有話要說，但片刻之後，她還是掛斷了電話。

「真的決定了？」

在北京飯店的總統套房中，代俊偉安然地坐在沙發之上，凝視對面正收起電話的范衛衛。

換了一身純色連衣裙的范衛衛，未施脂粉，素面朝天，反而比穿職業套裝時更多了清純和明媚，此時的她才顯出青春少女天真爛漫的一面。

也是，今年才廿一歲的范衛衛確實還是個青春無敵美少女，如果她不是刻意在商深面前表露出冷漠和刻板，根本就是一個還沒有正式邁向社會的女大學生。

陽光晴好，打在范衛衛的臉上和身上，她整個人都籠罩在燦爛的陽光之下，猶如一朵盛開的丁香，綻放生命中最美好的時光。不說她春光般的臉龐，只說她婀娜多姿的身材，斜靠在桌子上，凸凹有致，就頗有美不勝收的風景。

代俊偉與如此美人同居一室，卻絲毫沒有欣賞范衛衛之美的雅興，他的心思全在回國創業之上。

「我還是覺得如果有商深的加盟，我們成功的可能性會大大提升。」

代俊偉的心思動搖了，為了說服商深加盟，他決定退讓一步，不再堅持商深的加盟是排他的獨家。

「沒有他，我們一樣會成功。商深又不是唯一的人選，國內ＩＴ行業的優秀人才太多了，又不缺他一個。」

范衛衛儘管不願意承認，其實不知不覺中，她對商深的態度還是多了個人成見，明顯受到了情緒的影響，如果她心平氣和地想一想的話，也許她會推翻自己現在的決定。

確實，國內ＩＴ行業優秀的人才很多，不缺商深一個，但每個人都是獨一無二的存在，尤其是如商深一般的天才高手。因為每一個天才都會有其獨到的一面，是區別於他人不可替代的例外，況且如商深一般的天才高手，所迸發的天才般的火花，更是價值連城的寶藏。

代俊偉之所以看重商深而不是別人，和商深一樣的編程高手不乏其人，但商深在天才般的編程思路之下，還有一顆深諳商業運作之道的七竅玲瓏心，這是許多只懂技術不懂營運的技術高手所不能企及的高度。

不過讓他更看好商深的是，商深一人就挑起了施得電腦系統有限公司的大梁，雖然他也調查過了施得電腦是由崔涵薇和藍襪共同出資成立的股份公司，而且商深在其中是最小的股東，但實際上公司出品的軟體以及公司未來的發展方向，全在商深一人的掌控之中。

也就是說，別看商深不是最大的股東，但實際上商深是公司的創始人的身分，如果以後施得公司若是成為一家叱吒風雲的上市公司，所有的功勞都會歸於商深一人，崔涵薇和藍襪不會在閃光燈下閃耀。

雖然目前國內高水準甚至是天才般的程式員依然不少，但經過挑選之後，入得了代俊偉之眼的並沒有幾個，既入得了他之眼又讓他十分器重的，更是少之又少，商深是他視線範圍之內最讓他滿意的一人，可惜的是，范衛衛卻非要否定商深，到底是為什麼呢？

代俊偉忽然想到了什麼，含蓄地問：「你和商深似乎認識很久了，你們以前是不是有什麼故事？」

范衛衛臉微微一紅，隨後恢復如初：「我和他以前是認識，但並沒有什麼故事，代總，既然你全權委託我處理公司的前期事宜，你就要相信我的判斷。」

「好吧。」代俊偉在美國待久了，深受西方管理模式的影響，知道用人不疑的道理，想了想，「這件事你決定好了。我明天回美國，開始運作風險資金，公司前期的各項準備工作，就拜託你了。」

「一定不會辜負代總的重託。」范衛衛點了點頭，一臉堅毅。

請續看《當代商神》6 風雲際會

# 當代商神 5 商戰天下

作者：何常在
發行人：陳曉林
出版所：風雲時代出版股份有限公司
地址：10576台北市民生東路五段178號7樓之3
電話：(02) 2756-0949
傳真：(02) 2765-3799
執行主編：朱墨菲
美術設計：吳宗潔
行銷企劃：林安莉
業務總監：張瑋鳳

初版日期：2018年10月
版權授權：閱文集團
ISBN：978-986-352-619-3

風雲書網：http://www.eastbooks.com.tw
官方部落格：http://eastbooks.pixnet.net/blog
Facebook：http://www.facebook.com/h7560949
E-mail：h7560949@ms15.hinet.net
劃撥帳號：12043291
戶名：風雲時代出版股份有限公司

風雲發行所：33373桃園市龜山區公西村2鄰復興街304巷96號
電話：(03) 318-1378
傳真：(03) 318-1378
法律顧問：永然法律事務所 李永然律師
北辰著作權事務所 蕭雄淋律師

行政院新聞局局版台業字第3595號 營利事業統一編號22759935


**定價：280元　　特惠價：199元**



國家圖書館出版品預行編目資料

當代商神 / 何常在著. -- 初版. -- 臺北市：風雲時代,
2018.07-　冊；　公分

ISBN 978-986-352-619-3（第5冊；平裝）

857.7　　107007803